童話世界

唐福睿——著

目錄

本故事為力求真實而參考諸多已公開發表之文獻紀錄，然原創之情節與人物設定均屬虛構，不能代表特定人或團體之實際狀態與立場。

「我們必須設想，性並非只受制於法律規範，權力也不僅存在於君王身上。」

—— 傅柯《性意識史》

"We must at the same time conceive of sex without the law, and power without the king."

—— Michel Foucault, *The History of Sexuality*.

第一章　陳年往事

二〇一九年（1）

張正煦整理前額稀疏頭髮時，發現手掌上遺留剛才那位女孩子的味道。

白麝香混合花梨木。

不是非常好的香水。後調過於單薄，甚至到呆板的程度。手腕則有過度塗抹的嫌疑。不過在混合著汗液與漂白水味道的健身房裡，還是忠實地發揮著作用。

那女孩是健身房常客，這半年來經常出現——至少相當頻繁地與張正煦固定出現的時段重疊。她運動後臉頰上的一抹紅暈，使得平庸五官不那麼乏味，凸顯她所擁有的最後優勢——青春與體態。張正煦記得她初到的幾個禮拜，慢跑區那群鬆弛的跑帶突然都上緊發條。後來她嘗試重訓，竟也在那堆永不妥協的鋼鐵筋肉中，注入溫柔的表情線條。

她重複與流俗的衣著與配件，透露著向環境匹配的過度努力。她的眼神收斂但質樸，稍嫌笨拙的動作，拆穿她對世界的無用防備。張正煦偶然幾次聽見她與旁人交談，難以掩飾的南部口音更坐實他的推論：一個在稍有規模企業中，占據不需要太多經驗，但講求俐落效率的文書職位，比起外貌品味對於自己能力更有自信的北漂孩子。

張正煦和紅暈女孩的對話起因於上禮拜的一次緊急默契。

當時她被一位乍到的年輕小伙子盯上。即使應付難纏追求者有一定經驗，她尚未能淬鍊出果斷而決絕的能力。面對能在跑步機上以時速十五公里衝刺十分鐘的無畏跑者時，互動仍是捉襟見肘——精神或物理的意義上皆然。直到張正煦遞上自己那塊乾淨毛巾，女孩的困窘才稍微獲得掩蔽。

張正煦的行動絕對稱不上英勇，旁人看起來甚至有些莽撞。他偏矮的身高，還有窄扁的體型，在偌大的健身房裡無足輕重。更不用提明顯後退的髮線，以及與收入互為因果的厚重鏡片。

「我好了。十五分鐘後門口見。」張正煦對紅暈女孩說，然後向無畏跑者露出微笑，向他宣示比賽在還未開始時就已經結束。多年律師執業所造就的肅穆氣質，完全壓制了那躁動而魯莽的生物。

張正煦從容朝更衣間走去。紅暈女孩則有默契地用非語言的方式擺脫跑者糾纏。這是在廣衮的蠻荒賽道上，屬於文明與智慧的一場微小勝利。

然而無畏跑者並非浪得虛名。他隨後在更衣室中找到正在收拾衣物的張正煦：「阿伯，有必要這樣嗎？你女兒都這麼大了，聊個天也不行嗎？哈哈哈哈。」張正煦聽懂他的諷刺，但接受挑戰：「如果那是我女兒，你的問題就不會只有跑步姿勢而已。你會需要……」他懂得恐嚇成罪的界線：「一個很好的律師。」

張正煦後來又見過無畏跑者幾次，不過後者沒再多嘴。張正煦想，他或許還在思考那句話的意思吧？這就是法律的力量。

健身房廣告標語「變成更好的自己」並非張正煦鍛鍊的原因。他已經夠好了。在堪稱穩定勝利的四十四歲人生裡，他唯獨盼望維持與複雜案件周旋的體力，以及撐起手工剪裁、價值數萬元西裝縫線的胸膛與肩膀。雖然他也理解，自己對於體態的執著，部分來自年少時挫敗的感情經驗，但他現下自信的來源，絕非倚仗生物性的原因。

張正煦的事務所位在松江路某棟新建的商辦大樓內，客戶多為企業法人，商務非訟為案件大宗，一般不接個人的民刑事訴訟。開業至今邁入第十五個年頭，他憑藉殷實態度與強勢作風，在企業界小有名聲。事務所規模不大，卻是有意為之。底下兩位律師、兩位助理，皆是他親自栽培的好手。

事務所以他為名：「正煦律師事務所」。他習慣以「正義的正、陽光和煦的煦」為介紹方式。如陽光般和煦的正義，不僅能即時建構客戶對自我案件的美好投射，也為那些深陷訴訟泥淖的倒楣鬼帶來一絲（毫無意義的）快慰。

除此之外，家庭是構築他勝利人生的一塊重要拼圖。小他兩歲的妻子簡云，職業是社工師，服務於市政府家庭暴力暨性侵害防治中心。兩人結婚十三年育有一女，名為張愷庭，十二足歲，即將自小學畢業。像張正煦這種天分一般、性格保守的人，健全家庭生活意味著穩定的事業發展。他苦幹實幹的態度在這樣完美的框架下，得以極大化地發揮，造就今日他所擁有自由寬裕的一切成果。

張正煦沒有期待紅暈女孩歸還毛巾——他當然幻想過，但那完全出於男性基因自動推演的生物邏輯。若按經驗與理智判斷，他可以全然公正地排除那樣的可能性。畢竟除了與妻子的相遇外，張正煦的羅曼史可以說是，沒什麼好說的。

與生俱來的資質並無道理。不具可看性的五官——如銀魚般細小的眼睛、鯰魚式寬闊的嘴，配著前突的狹小臉型。雖然瑕疵不算極端，但放在一起也無力達成平衡的美。平扁的胸腰，偏窄的斜肩，再加上比例稍短的四肢，從來就不適合仔細端看太久。即使他憑藉著專業自信與健身訓練，奪取自己所能擁有的最佳狀態，那也是後來的事了。

張正煦真正的問題在於，缺乏將抽象感受做為整體去接收的能力，以及透過該能力去體驗邏輯與經驗以外的事物枝節——這不該歸罪於法律，雖然很多法律人都有這樣的毛病。在他毫無彈性的心智底下，主觀與客觀沒有交會的可能。法學上所謂的折衷混合理論也不過是兩者疊加，而非交錯。

曾經他對某位心儀的女孩說：「如果妳想要的話，我的筆記可以借妳。」但那所謂的如果，純屬階層分析下的合理分支。所以當女孩回他：「如果我想要的話，再跟你說。」張正煦也就欣然地接受了——同樣也是階層分析下的合理分支。他甚至還感到有些興奮呢。

幸好張正煦一直在進步，不論是做為律師或普通人。他在法律專業能力成熟至足以掩蓋自卑的程度，同時放棄執著於浪漫關係的那個微妙時刻，遇見了簡云。

當時年方三十的張正煦剛結束受僱律師的身分，在板橋地方法院[1]附近的巷弄內，便宜租了間舊公寓單位，做為自立門戶的起點。為了省錢，他自己清潔、粉刷和布置，連門口的招牌安裝都打算自己處理。他借來電鑽和工具，擺弄半天，卻什麼也裝不上牆。四周很安靜，他一個人坐在樓梯間望著事務所的招牌發呆。

「祝你好運。」簡云不知道什麼時候出現在他身邊：「你沒有裝好的話，肯定被告。」

張正煦望著簡云，明白她將自己誤認為裝潢師傅——沾染油漆的T恤與短褲、髒汙的雙手還有散落一地的工具。

「律師都不是什麼好東西，你知道的。」簡云看著未完成安裝的招牌材料，以哲學家的理性語氣，暗示這個結論不需要任何邏輯支持。

張正煦點點頭，無法否認。眼前這個女孩環抱著公事包，簡樸套裝恰當地修飾了稍微豐腴的身材。烏黑長髮柔順下放。臉型圓潤，下顎稍寬，但深邃五官標示著那分溫柔擁有自己的領域——尤其是那雙眼睛，像晨霧中的青色湖面，映照著初升的旭陽。安靜又清明。

張正煦後來才知道，簡云當天是來訪視那棟公寓的某個弱勢家庭。沒有兒少案件不悲傷，簡云最後這麼補充，也沒有律師不王八。

「他們會說自己是為了公平正義，但想想他們拿了誰的錢？」簡云坐在階梯上，語氣不帶情緒：「阻礙真相的發現，然後將責任推給法官。律師只是天平的一端啊、做決定的是法官啊、我們只是扮演好自己的角色啊，等等類似這種不負責任的話。好像全天下最偉大是他們，最委屈的也是他們。」簡云的聲調逐漸微弱，只剩執拗眉心不肯妥協，繼續無用的抗議：「他們總覺得法律可以解決所有的問題。是啊，人死了問題當然就解決啦……。」

1 於二〇一三年一月一日改名為臺灣新北地方法院。

張正煦感覺到她內在的哲學家正在消失，想起某人曾經也這麼挖苦自己。不是每件事都可以用法律解決。他當初以為是機智反諷，但後來終於瞭解，玩笑總在掩飾真心，反諷通常出於絕望，都與機智無關。他沒有理由反駁，於是靜靜地在簡云身旁坐下。沉默像是在說，如果有人能了解，那也就此生一回。

所以他們墜入愛河。

張正煦愛上簡云的善良與不講道理的分明，即便與法學精神有根本上的衝突，他反而輕鬆許多。不想辯論時，閉上嘴就好。在某些純然時刻，他甚至能在簡云的說法中，發現與概念法學相互輝映的線索。

簡云對他的愛意則更純粹，是無理性的東西。張正煦笑稱，你所逃避的，會永遠存在。簡云對這個註解的精準與無情程度訝異不已，但竟然不覺得冒犯。因為相遇那天，張正煦的哀傷眼神，讓她得以一種親密的角度讀取這個人，和他藏在大陸法系那種演繹高於歸納的精神背後，暗自舐傷的靈魂。

十三年的婚姻中，張正煦是絕對忠誠的伴侶、慈愛的父親。在高度自制的個性下，他即使偶有正常男性的趣味，也從未踰矩。例如故意約長得好看的女性客戶多開幾次會，並在費用與時數上給予最大方便。畢竟法律是他天屬的戰場、致命的劍圍。他享受自己的成熟模樣：敢說能做、掌握全局，大膽卻知進退，既無情又仁慈。

但他完全明白一切機緣皆應有界線。因此當一個禮拜過後，紅暈女孩在重訓區將毛巾還給張正煦時，他只是謹守分際地收下。

毛巾被細心摺疊著，散發出應該會被命名為「田園香芬」或「清新大地」的洗衣精味道。女孩手掌包覆過的部分，則殘留淡淡香水味。

白麝香混合花梨木。

沒什麼不好的。

張正煦接受那香味，然後在更衣室把手上的味道洗去。

他從置物櫃中拿出背包，發現手機有數通簡云的未接來電，和一則簡短訊息。

「南港分局，現在。」

＊＊＊

張正煦在車上撥了幾次電話，簡云皆未回應。現在是晚上八點多，在這個不尋常的時間，南港分局？張正煦不由得胡思亂想起來。他在基隆河堤邊停妥車，快步穿過巷弄間發出模糊噪音的鐵工廠，走到分局門口時已經汗流浹背。

值班臺的女警領著張正煦走進辦公廳。十來張桌子並排著，雜亂地堆著案件卷宗。警員和當事人或坐或站，以一種完美的隨機性分布其中。某處角落傳出警械碰撞聲，窗外傳來遠近不一的警笛。日光燈帶著強迫的意圖，以冷漠色調挾持整個空間。

張正煦迅速看見簡云正和一名警員嚴肅溝通。兩人眼神交會。簡云一步上前，不等張正煦抱怨，壓低音量說：「有一個案主要做筆錄。」

「案主？」張正煦還沒從緊張的心情中回復：「你要不要看看你的手機？回個訊息有那麼困難嗎？」

「拜託，這是突發狀況。性侵。」

張正煦聽見性侵二字，警覺地望向簡云來處，才發現一名女孩坐在桌邊。清湯掛麵式的及肩短髮，上半身著淺色T恤，裙子明顯是學校制服的百褶裙樣式，白色襪子包覆半截細直小腿，安分地併攏在緊握的雙拳之下。她低頭看著地面，讀不出表情。張正煦語氣一沉：「你知道我不接這種案子的。」

「我臨時找不到其他律師。」

「可是我們有利益衝突。」

「如果是義務幫忙，就不會有問題。」簡云顯然把事情都想透澈了。

張正煦才要拒絕，簡云瞥見一名便衣男警靠近女孩，趕緊上前關心。

便衣男警拿起桌上資料查看，然後轉向女孩，試著舒張眉心與厚唇，露出不甚成功的笑容：「妹妹，妳叫郭詩羽？是嗎？北一女的？」

「請問您是？」簡云迅速介入。

「我偵查隊的，來了解一下狀況。」

「在這裡？」簡云難以壓抑情緒：「這種案件的詢問要適當隔離，你不知道嗎？」[2]

四周不相干的人士聽見簡云的話，都不由自主地看向這裡。

「目前人力不足，我們還沒有要開始做筆錄。」便衣男警面露不耐，指著手上資料問：「這份社工報告是妳做的？」

「是。」簡云答。

「被告叫喆第？有人姓喆嗎？」

2 《警察機關辦理性侵害案件處理原則》第三條第一項：「詢問性侵害案件被害人，應依檢察暨司法警察機關偵辦性侵害案件參考要領辦理，並注意下列規定：（一）選擇適當處所，並採隔離方式詢問……。」

「那是補習班老師的藝名。他的本名叫湯文華。」

張正煦站在遠邊，依稀聽見「補習班老師」這幾個字，下意識皺起眉頭。

「有驗傷單，或者其他證據？」便衣男警繼續追問。

「裡面有郭同學口述的紀錄，案情說得很清楚了。」

「那個不行啦，那個是審判外的陳述，不能當做證據。」便衣男警揚起粗短手指，向張正煦搖晃：「妳問大律師就知道。」

張正煦向簡云搖頭示意。警察說的沒錯。

「張正煦！」簡云刻意壓低音量，眼神帶著惱意，催促他做點什麼。張正煦卻毫不掩飾消極態度，別過頭不願惹事。

便衣男警闔上社工報告，放回桌面，接著問：「妹妹，老師對妳做那件事的時候，辦公室外有沒有人？」

郭詩羽低著頭，沒有回應。

「那很重要嗎？」簡云忍著脾氣說。

便衣男警抬高音量，透露不容質疑的權威：「重不重要是我們決定，不是妳。」隨即轉回郭詩羽：「妹妹，妳有沒有求救？還是反抗？」

郭詩羽抬起頭，一臉茫然，在腦袋裡搜尋適當的字詞。

張正煦望著窗外熙攘的街景，心裡知道接下來會發生什麼事。拒絕承辦性侵案件已經好多年，許多技巧與規則，卻是直覺反應。哪些話該說，哪些不該說——

「沒有。」郭詩羽說得小聲卻肯定。

便衣男警皺起眉頭：「什麼？沒有反抗——」

喀砰！張正煦用力推開身旁椅子，把所有人都嚇了一跳：「今天到此為止。」

便衣男警看向他，訝異漸漸轉為不滿：「大律師，這些都是必要的程序——」

張正煦揮手示意簡云立刻將郭詩羽帶走，然後走向便衣男警，伸手取走桌上的社工報告，保持該有的禮節：「警官，謝謝。」

「大律師，沒有筆錄，我們不會展開調查喔。」

張正煦看著簡云和郭詩羽走出門，旋即臉色一沉，拿出律師本色：「是誰跟你說性侵一定要反抗的？」

「性侵難道不應該反抗嗎？」

「你告訴我刑法哪一條，規定性侵以反抗為要件？」

「這件事在補習班裡面發生，如果她有呼救、反抗，還會被性侵嗎？這不是很合理的懷疑嗎？」

「法已經修二十年了。」[3]張正煦絕對不容許眼前這個笨蛋有任何回嘴的空間：「警官，多讀點書，或許你就可以不用再忍受這份工作了。」

張正煦走出警局，看見簡云和郭詩羽站在路邊。他走向兩人，劈頭就對簡云說：「妳知道第一次筆錄有多重要嗎？她根本沒有準備好。」

「知道了……我們可以再約——」

「請妳另尋高明。這種案子，我幫不上忙。」張正煦明確拒絕，轉身離開。

「簡老師，沒關係，我不要告了，沒事。」郭詩羽靜靜低著頭，聲音淹沒在吵雜車聲裡。

簡云一臉憂心，不知怎麼安慰，抬起頭望著張正煦離去的背影，心裡愈發凝重。

張正煦直直穿過黑暗巷弄，回到車邊，卻沒有停下來，繼續走上河堤。肅然夜色下，對岸籃球場的水銀燈光芒，在基隆河中擺盪浮沉。

他想，關於工作上的事，簡云從未麻煩過他。

所以簡云肯定無法理解。

這件事真的不應該開始。

* * *

張正煦的住處位於大直明水路巷弄間。十年左右的屋齡雖不算新，但有大坪數的舒適，以及郊區的僻靜。距離河濱公園不遠，周邊機能完善，雖然價位稍高，但著眼於學區很好，附近鄰里皆屬中上家庭，對女兒學習交友頗有助益，張正煦毫不猶豫便選擇這裡做為安身立命的地方。

張正煦敲敲女兒的房門，輕聲走進去。張愷庭戴著耳機坐在床上，沒有對他太多反應。自女兒獨立睡覺開始，張正煦便習慣在睡前陪她聊聊天，分享各種話題。

張正煦見女兒專注在音樂上，故意大動作上床擠向她。張愷庭嘟起嘴，將一邊耳機摘下遞給他，然後靠向他的肩。兩人就這麼望著窗外大直橋的燈火，靜靜地聽歌——或許是BLACKPINK或許是TWICE——張正煦只能從女兒過去提及的韓國女團中猜測，但此時他知道不該多問。張愷庭的沉默意味著超越言語的特殊需求。這是父女間的默契。

張愷庭的優點大多繼承母親而來。獨立、有想法，而且能靜能動。她沒有一般女孩子的氣

3　一九九九年三月三十日，《刑法》第二二一條強制性交罪修正，刪除「至使不能抗拒」之構成要件。

質，堅持俐落短髮，中性打扮。安靜時候有母親的哲學家氣息，活潑時沒有父親的凌人態度。最愛跳舞，而且投籃很準——還好只有這點和張正煦最像，簡云常常這樣感嘆。

就像所有父親一樣，女兒是張正煦的心頭肉。即使她的全部優點與自己毫無關係，全部缺點比自己更惡劣，張正煦也絕不會遲疑愛她。事實上，他更希望女兒像簡云，因為男女畢竟不同。簡云是他認識的人當中，最能以風格化的溫柔看待世界，同時自我完成的女生。

父女約會在〈As If It's Your Last〉中結束。張正煦想起金炫廷的〈Breaking Up With Her〉。那是他少數聽過的韓文歌，覺得兩者曲風並沒有年分數字聽起來那麼遙遠。張正煦道聲晚安，走出女兒房間時想著下次要介紹她聽聽看，或許兩人可以有更多話聊。

簡云此時正在餐桌上處理公事，埋首於資料與卷宗之中。

張正煦安靜地溜進廚房，帶出一杯熱茶恭敬奉上，順勢溫柔地為簡云按摩肩頸。昨天的郭詩羽事件還未有機會好好處理，張正煦藉此釋出善意，期盼衝突就這麼蒙混過去。每一次爭吵都是他先示好，這不是共識，而是無需細究的真理。

簡云哼了一聲，沒有為難張正煦。拿起熱茶，閉上眼享受他的服務。

「妳有沒有覺得，小庭最近怪怪的？」張正煦輕聲問。

「她這樣很多天了。」

「在學校發生什麼事了嗎？」

「你女兒……。」簡云刻意延遲，平淡口吻暗藏責備：「已經轉大人了，你都不知道嗎？」

「轉？什麼？那我們……要準備什麼？是不是需要……。」張正煦逐漸釐清眼前狀況，反而怪罪起來：「不是，為什麼妳沒有跟我說？」

「跟你說有什麼用？」簡云刻意模仿張正煦在警局外的無情語調：「很多事，你都幫不上忙。」

「妳明明知道我不接那種案子的。」張正煦難以掩飾不耐。

「好啦，我不想說了。」

「妳有聽過無罪推定嗎？說不定是那位郭同學說謊呢？」

簡云撥開張正煦的手，不可置信地看著他。張正煦知道自己嘴快又惹事，趕緊解釋：「我不是那個意思，我是說，真的有這樣的案件——」

簡云重重放下茶杯，用力推開椅子，頭也不回地走進房間，把門關上。

張正煦嘆了口氣。依法論法，他的論點並沒有問題，甚至更能凸顯簡云一廂情願的風險。被害人在程序中可能遭遇的偏見，加害人也無可避免。前幾年的許倍銘案正是最好例證[4]。只是張正煦不得不承認，就算保持理性中立，昨天在警局外，還有今晚的爭執，自己多少都有點反應過度。

張正煦低下頭，瞥見簡云遺留在桌上的社工報告，裡面附著郭詩羽的大頭照。不同於警局裡的模樣，照片裡的郭詩羽留著長髮，笑容燦爛。補習班、師生、性侵這些關鍵字再度重現張正煦腦海。

那是多久以前的事了？

或許只是自己反應過度吧。

不過是每年千百件性侵案中之一而已。

簡云的脾氣還比較麻煩。弄到這個地步，不提供一些法律協助可沒辦法含糊過關。張正煦翻開社工報告，快速瀏覽一遍。權勢性交、師生戀，非常普通的案子。他可以在法學資料檢索系統裡找到幾十件類似的案例。唯一有個小地方讓他感到不快……。

張正煦拿出手機搜尋「喆第」。補習班官網很快就出現在頁面頂端。網頁以天藍與亮橘色做為主視覺，搭配各種積極樂觀的表情與標語，充分傳達這個世代獨有的學習概念：「自由、共享、多元」。這是一間輔導高中升大學的綜合性補習班，各種科目都有，北中南皆設有分部，頗具規模。

張正煦直接點開師資陣容。創辦人即班主任湯文華的照片當仁不讓，帶著誠懇微笑迎接張正煦。

喆第老師。

那張熟悉的臉。

張正煦倒吸一口氣。

那張熟悉的臉，多麼英氣煥發。

＊　＊　＊

市政府教育局的承辦人相當年輕。他面帶愉快笑容，將一份文件遞給張正煦，確認自己精

4　國小特教老師許倍銘被控於二〇〇八年九月九日，對中度智能障礙、時年八歲的小女孩犯趁機性交罪。本案歷經五次審級，於二〇一三年十月九日判決有罪定讞。有論者認為法院審理過程忽視女童供詞矛盾、有誘導訊問之嫌，以及鑑定報告偏頗、犯罪事實與客觀證據不符並違反常情等瑕疵，嘗試為被告聲請再審平反。

密又確實地完成任務：「張先生，這是喆第文理補習班負責人湯文華的資料。」

張正煦快速翻閱，明白上面毫無可用資訊：「這些資料我在網路上就查得到了。」

「是，這些都是開放公眾查詢的。」

「這個負責人……湯文華，有性侵案底嗎？」

「案底？」

「補習班負責人有沒有性侵案底，應該都有通報紀錄吧？」[5]

「這個補習班是有立案的……。」

「不是有立案就合法。我知道這個姓湯的，本名不是湯文華。」張正煦強調自己的憂慮：

「他可能使用假名。」

「這不大可能，法律現在都規定要揭露真實姓名了。您為什麼會這樣說？」[6]

「我在網路上看過他的照片，我認識這個人。」

「或許他改名了？」

張正煦明白這才是最合理的可能。法律只規定性侵經判刑確定，或受通緝尚未結案者不得任職補習班人員。如果那件案子後來……無罪定讞，湯文華就不會出現在通報名單內。

張正煦懂得法律。無罪就是沒有性侵。

當天傍晚，張正煦隨著人潮，搭上捷運臺北車站M8出口的手扶梯。接近地面時，張正煦驚訝地發現，廣袤的天藍與亮橘色廣告將上升暗示為一種淨化儀式，包圍所有迷惘的過客。映在他們厚重眼鏡上的，是各種快樂的年輕臉孔，加粗字體確保其中絕無曖昧可能——打造勝利人生基礎！

張正煦穿越公園路，緩步接近名為南陽街的補習文化大國。他已經好多年沒有浸淫在這種純粹而統一的意志裡。這個由行人倉皇路徑所規劃的特區，七彩食物蒸氣打造的雲端空間，以眩目霓虹和流行音樂陪襯，同時消化又孕育各種上進靈魂。他曾在這裡流連，領受司法聖禮，進行法學再教育。如今重回此地，感受竟帶著溫暖——那是專屬倖存者的靈光。

喆第文理補習班占據南陽街中心，整棟外牆被大型看板包覆，綻放著藍橘色光芒。門口的

5 受作家林奕含自殺事件影響，立法院迅速於二〇一七年五月廿六日三讀修正《補習及進修教育法》第九條，明訂有性侵害、性騷擾、性剝削案底之人，不得擔任短期補習班之負責人或教職員工。教育部隨後於「不適任教育人員通報及查詢系統」內增設「短期補習班不適任人員專區」，供各單位登錄比對。

6 《補習及進修教育法》第九條第三項：「短期補習班之招生、書面契約及利用其場址、傳播媒體或其他方法所為之廣告或宣傳，涉及負責人、教職員工姓名時，除立案名稱外，均應揭露其真實姓名，且不得有虛偽不實之情形；其負責人、教職員工執行業務及對外招生或廣告時，亦同。」

落地看板將喆第老師以真人比例呈現。張正煦拘謹地靠近，讓自己沐浴在那強光之下。

老師一點也沒有老。

面對喆第老師的看板，張正煦注意到自己有點駝背。他試著站得更直，挺起扎實訓練的胸膛，然後下意識推動眼鏡，希望一切只是錯視。

湧入的學生們卻淹沒他的目光。

其中有好多女孩子，素淨的臉龐、如脂的肌膚，還有無害的香氣，像是郭詩羽，像是童希真，像是嚴新——這些他會永遠記住的名字。再過幾年，女兒張愷庭也會加入她們的行列。永遠有更多的頭髮與臉頰、睫毛與嘴唇、鎖骨與肚臍、膝蓋與小腿，走進補習班大門，然後被強光吞噬。

片段的回憶倏地裂開。

二十年了。那份棗紅色封皮的卷宗，一直放置在毫不起眼的紙箱裡，以無關緊要的老物件做為掩飾。隨著張正煦的生命流轉，每次藏的地方都不一樣，但沒有一時半刻消失。

事情還沒結束。

一切的一切，都從那時候開始。

一九九九年（1）

張正煦從板橋憲兵隊退伍時，夏季才剛要開始。營區內的欒樹枝葉正茂，伸展成歡送姿態，在陽光下閃耀著油亮的青綠紋理。他沒有直接回羅東老家，反而拉著黃埔大背包，坐公車到臺北車站附近買下人生第一支手機。這支暱稱為海豚機的二手 Motorola CD928，一直陪伴他到律師實習期結束，才因為一次不小心摔落地面，發出最後一聲嗚響。

他熟門熟路地轉進南陽街，吃完熟悉的餛飩湯與油飯後，呼吸裡終於擺脫憲兵隊的廁所香氛劑味道。他在大四上學期提早修滿學分、從中正大學畢業後，在嚴冬中離開嘉義民雄，與幾位同學結夥來到臺北補習。直到入伍前，半年多的補習日子裡，他可說是把南陽街吃遍了。讀書考試的日子，在極其有限的時間內，在別無選擇的街廓中，最難的是決定吃什麼，最快樂的也是。如今再回味那滋味，卻略嫌平淡。

他刻意在街頭稍作停留。三吋平頭與厚重眼鏡沒有稍減兩年役期鍛鍊出的英氣。他拄著行囊，端看往來的倉皇眾生，為自己的狀態感到振奮。他再也不是羅東鄉間的魯莽少年、嘉義民雄的平庸大學生，或者是憲兵隊裡唯命是從的警務士。一個全新的身分正等著他。一切將從這裡開始——最陌生也最熟悉的臺北市。

張正煦成長於宜蘭羅東。除了高中畢業旅行，曾造訪木柵動物園與故宮博物院，臺北市在他的經驗中，就只剩那半年的補習人生，流轉於臺北車站與萬華租屋處之間。

他在新光三越站前店門口，兩隻石獅子的視線交會處找到熟悉的站牌。公車取道中華路，轉向和平西路。途經西門町，廣場前藍色的捷運施工圍籬占據著街角[7]，卻無法阻擋來自巨大電子看板的漫天光彩。

張正煦在龍山寺附近下車，踏著熟悉路徑，重回補習時代的蝸居之處——那棟和朋友戲稱為「古墓」的老舊公寓。當時他和五、六位來自各地的法律系學生分租。雜亂簡陋的頂樓加蓋，如今依舊擁擠悶熱，只是換上不同臉孔。

考上的都離開了，還有交女朋友的，唯一留下的東吳延畢生感慨萬千地說，連那個基隆來的阿美族也考上公設辯護人。接著他們聊了很多苦讀日子的回憶，豐富的無聊細節竟也能體會出趣味。張正煦最後略帶安慰地鼓勵對方，管他什麼臺政高材生，都是保成高點畢業生[8]。加油吧，蹲久了就是你的。

然而必須說實話，做為應屆上榜，在前年錄取率 6.77％下脫穎而出的幸運兒，他的這番道理不算太有說服力。

這個臨時落腳處雖然原始，但非常熟悉，重點是很便宜。張正煦只打算在這邊度過一個月，等律師基礎訓練結束，找到實習工作以後，他就可以換地方住。順利的話，五個月實習期滿轉為正式律師，就能負擔更為舒適的套房。[9]

一個月的律師基礎訓練不具任何難度，或許稱做社交夏令營更為貼切。當大部分同學都忙於交際遊樂，張正煦已經在眾多面試機會中，確認自己未來的實習地點——杜子甄律師事務所。

不少同學聽見張正煦的決定，都露出訝異表情。杜子甄作風強勢，素以嚴苛聞名——傳聞

7 臺北捷運板南線龍山寺至市政府段於一九九九年十二月廿四日始開通。

8 「保成」與「高點」為當時律師、司法官考試的兩大補教業者。

9 依照《法務部司法官訓練所律師訓練規則》（二〇〇二年五月廿三日廢止），學習律師訓練期間定為六個月，分二階段實施。一、基礎訓練：學習律師在法務部司法官訓練所或受委託之律師公會接受一個月之課程講授、研究與綜合研討之基礎訓練。二、實務訓練：學習律師在律師事務所接受五個月之實務訓練。

已經讓多名實習律師鎩羽而歸。張正煦對此完全不知情。這才驚覺社交的重要性，並理解比行情稍高的實習薪水用意為何。不過這絲毫沒有令張正煦動搖——他完全可以理解那些傳聞，因為杜子甄擁有一種致命的風采。

＊ ＊ ＊

杜子甄律師事務所位於南門國中附近，博愛路巷弄內的某棟公寓一樓。清水模牆面除了爬牆虎節制地刻劃著青苔外，別無裝飾。刻著隸書字體的小木牌「杜子甄律師事務所」掛在通話器旁，搭配青瓦門檐、原木門板與鑄鐵飾條，透露著主人對於品味的堅持，以及對來客的絕對掌控。

遙控鎖發出金屬斷開的聲音。張正煦穿過綠意盎然的前庭，進入辦公區域。幾名律師從CRT電腦螢幕後抬起頭看他，表情帶著領略事理的漠然。他們被棗紅色封皮卷宗以及各式文件所圍繞，但舉手投足間散發專業的餘裕。張正煦還未見火力展露，便已認定這是一支真正的軍隊。

杜子甄手上的雪茄接近熄滅，想必已經維持那樣的姿勢大約有——至少五分鐘吧。張正煦不懂雪茄，只能大概猜測。他忍受著菸草餘韻，環顧桌邊各式幾乎見底的威士忌酒瓶。這些都不算什麼，最讓他驚訝的是，杜子甄竟然是一個女的。

杜子甄終於從卷宗裡抬起頭，及肩短髮整齊俐落地向後擺動，露出未施粉脂的清麗臉龐。她沒有超越實際年齡的美貌，眉宇間卻挾帶與身形不相稱的氣勢。即使年屆四十，細紋與白髮無從躲藏，她仍支配著某種暗湧的力量，透露她絕不妥協的意志。

「這是我們事務所最好的律師寫的，你看看哪裡寫錯了？」杜子甄將一份書狀丟到張正煦面前：「不要假設，不要文字遊戲，不要那些考試用公式與花招。告訴我哪裡錯了。」

張正煦拿起那份書狀，快速地前後翻動。這是一份刑事答辯狀，也就是律師受被告委任，以辯護人身分，向法院提出的辯護書狀。內容按犯罪事實、答辯理由與量刑意見等順序，依次展開。排版工整，標題、段落與內文間，皆以差異但和諧的字體樣式精心調整，以利法官閱讀。

絕對不是形式的問題。

「我有多少時間？」張正煦問。

「那也是評分標準之一。」杜子甄重新點燃雪茄。

張正煦趕緊低下頭閱讀。

被告是一名正值壯年的男性，某日與懷孕配偶返家時，發現竊賊躲藏於浴室，於衝突中將竊賊壓制在地，並勒住對方脖子直至警方到場。最後該名竊賊因大腦缺氧繼發多重器官衰竭而死亡。起訴法條為過失致死罪。

事實非常單純，重要的法律爭點也只有「正當防衛」，但張正煦知道這才是最弔詭的地方。即使不懂法律之人也能脫口而出，概念簡單到無需解釋的「正當防衛」，在實務與學界卻存在著各種分歧的討論。尤其是所謂的「防衛過當」。

本案中，警方的現場錄影畫面顯示，被告在警方到達後，多次表示「你們再不來他就要被我勒死了」、「趕快叫救護車，他快被我勒死了」等等言語，顯然被告明確知道自己的壓制行為，已經嚴重威脅竊賊的生命。

做為被告的辯護人，當然要提出「防衛沒有過當」的理由，但過當與否的界線便是爭議所在。張正煦首先想到英美法系的「堡壘原則」[10]，但臺灣既無相同之歷史脈絡，其概念與大陸法系又不相容，法院絕不可能也不應採納。回到防衛是否過當的判斷，明明知道竊賊已經接近斷氣，卻仍然盡全力壓制，確實在法益權衡上有很大問題。只是，做為辯護人必須極力迴避這一點。

如同張正煦的想法，書狀裡面強調「期待可能性」，也就是法律不能強人所難。既然正當防衛是以「正對不正」，且情況通常危急，則便不該苛責防衛者對於手段是否過重有如同常人般的判斷。

如果竊賊的昏厥是假裝的呢？竊賊身上有無其他武器？一旦鬆手，竊賊是否會傷及孕妻？如何要求防衛者在電光火石之間做出正確判斷？這些都是非常合理的質疑。然而麻煩就在於，被告對員警說的那句話「他快被我勒死了」，顯示他對於竊賊快被勒死這件事並沒有疑慮。被認定為「防衛過當」的可能性實在非常高。

整篇書狀已經盡力提出辯護理由，縱使問題難以迴避，但也是推理的必然，並沒有稱得上錯誤之處……張正煦幾經掙扎，還是決定這麼說：「這篇書狀寫得很好，沒有問題。」

「你就要失去這個實習機會了。」

「法律有千百種理論，事實有各種如果，我可以重新寫一份完全不同但言之成理的答辯狀給您看……。」張正煦維持最後的架勢：「但這份書狀的論述，做為一個整體，是完美無缺

10 堡壘原則（Castle Doctrine）：居住防衛權。賦予任何人在特定情況下，可以對於入侵其宅邸（等合法占用空間）的行為人使用武力防衛和對抗，並對於所造成的後果免於被追訴的責任。然而，此原則之適用時機與要件在各國之間仍有差異。

的。」

「你可以走了。」

張正煦輕輕放下書狀，拿起背包要走。

「你不想知道這份書狀哪裡錯了嗎？」杜子甄仰躺在椅子上，呼出一朵煙圈。

「那豈不是承認我判斷錯誤？」

「你是對的，那是我寫的，怎麼可能有錯。」

張正煦喃喃道起杜子甄說的第一句話：「這個事務所最好的律師寫的……。」

「對，那算是一個小提示。」杜子甄似笑非笑地說。

張正煦不知該做何表情，也不懂如何解讀這個莫名的玩笑，只得悻悻然地轉身離開。

「外面的助理會告訴你開始上班的日期，還有注意事項。」杜子甄打斷張正煦離去的動作：「恭喜，你剛獲得下地獄的資格。」

張正煦後來懷疑，這句話指的究竟是成為律師必然下地獄，或者單純是杜子甄自比閻羅王。只不過才開始實習第一個禮拜，張正煦便感覺後者的可能性似乎更高一點。那群軍隊私底下稱他們的將軍為「肚子痛」——原因再明顯不過——或者「肚子針」。總之生活中不再出現食慾，論理與辯論成為主要的生理需求，呼吸只為了找到更貼切的邏輯，衝破法官堅若磐石的見解，收獲下一個願意付錢贖罪的客戶。

杜子甄從不在乎客戶背景或案件難易，只要能夠出得起錢（最快速有效率的篩選方式），她非常樂意貢獻所長，而且總是全力以赴。即便收費高昂，依舊門庭若市。

做為實習律師，張正煦沒有所謂的蜜月期。他很快發現自己的桌面與其他律師無異。雖然尚未取得正式律師身分，但民事訴訟可以透過複代理的方式出庭，刑事即使不能上場，也能旁聽和寫狀，更不用提審閱合約和其他研究工作。基本上只要正式律師能做該做的，張正煦永遠有一份。

張正煦決心撐過五個月的實習期。他自忖沒有背景資源，又非師承名家。天生的資質與外貌只能算平庸，要在律師這個行業奪得一片天地，唯有效法最出眾的榜樣。只是，在杜子甄麾下，成長伴隨的不全是痛苦，還有毀滅。

某天如常加班的夜裡，杜子甄冷冷地把張正煦喚進辦公室，劈頭就問：「攜帶凶器竊盜和一般竊盜，有什麼差別？」

「攜帶凶器會成立加重竊盜罪，刑度比較重……。」張正煦知道杜子甄為什麼問——那份答辯狀下午才剛寫完交給她審核。

杜子甄也沒賣關子，一把將書狀甩到張正煦面前：「這個案子，假如陳桑被判加重竊盜，會怎樣？」

「緩刑會被撤銷。」張正煦並非不懂。

「回去重寫。」

「可是……陳桑已經承認他行竊時有帶扳手。我的策略是，針對犯後態度向法官求情。因為陳桑在行竊後——」

「扳手是凶器？他是去偷東西，不帶扳手……難道要帶棒棒糖嗎？」

「可是扳手客觀上足以對他人生命或身體構成威脅，具有危險性——」

「並不以攜帶之初有行凶意圖為必要。」杜子甄打斷張正煦的背誦，不耐煩地說：「我花錢是請你來背最高法院的判例嗎？」[11]

張正煦變得混亂。這個判例人盡皆知，杜子甄怎麼可以完全沒有一絲考慮？他抓抓頭，還想繼續爭辯：「判例寫得很清楚——」

「按照最高法院那些老不死的邏輯，握緊的拳頭也算凶器囉？你的生殖器算不算凶器呢？」

張正煦無話可說。客觀上有危險性、攜帶之初沒有行凶意圖……拳頭與生殖器？杜子甄的類比雖然誇張，卻自帶邏輯。可是，判例不就是判例？[12]

「張律師，你知道為什麼客戶要花錢請我？因為我不只懂法律，還知道他們需要什麼，然後解決問題——至少必須看起來很努力。」杜子甄絕對沒有說笑的意思：「你不是法官，別再給我法官的邏輯思考，你得比他們更聰明。」

張正煦終於理解，判例是一回事，但有時候書狀不是給法官看的。令律師蒙羞的不是輸掉訴訟，而是輸掉當事人的心情。

杜子甄在一九八〇年自臺大畢業，應屆考取司法官與律師雙榜。當年律師錄取率2.78%，二十七名錄取者中僅三成為女性[13]。她更是唯一放棄司法官資格，直接以律師出道的錄取者。

11 最高法院七十九年度臺上字第五二五三號判例要旨：「按刑法第三百二十一條第一項第三款之攜帶凶器竊盜罪，係以行為人攜帶凶器竊盜為其加重條件，此所謂凶器，其種類並無限制，凡客觀上足對人之生命、身體、安全構成威脅，具有危險性之凶器均屬之，且祇須行竊時攜帶此種具有危險性之凶器為已足，並不以攜帶之初有行凶之意圖為必要。螺絲起子為足以殺傷人生命、身體之器械，顯為具有危險性之凶器。」

12 「判例」是由最高法院法官開會所選摘的重要判決，並賦予其高於一般判決之效力。下級法院判決時應予遵循，否則可做為上訴第三審或聲請再審之理由。惟此制度逸脫個案脈絡而迭受批評。立法院於二〇一八年十二月七日三讀通過《法院組織法》與《行政法院組織法》部分條文，未來由最高法院成立「大法庭」統一法律見解，判例制度自此走入歷史。

13 根據考選部資料。該年二十七名錄取者中，男性二十一名，女性六名。

賺錢固然是重要原因，但實際上是她過於驕傲，驕傲到無法忍耐自己成為高高在上，卻必須因循陳規之人。

律師形象好辯，必須與三教九流交涉應酬，還得敢於發言、勇於挑戰，在舊時保守觀念之下，絕非適宜女性的職業選擇。杜子甄做為那個年代少數的女律師[14]，她既不隱藏也不強調。現身初看總是曼妙舞步，流轉間才發現刀鋒直逼咽喉。張正煦常想，如果她的風格能夠歸類，那肯定是第三種存在——非男非女，而是杜子甄。

＊＊＊

張正煦在實習的第二個週末搬進南機場國宅的忠勤社區。七八坪的老舊公寓，除了租金便宜外，只剩獨立衛浴這個優點。不過以實際的生活需求，倒也綽綽有餘。他平均在晚間九點離開事務所，順道在南機場夜市買晚餐（或者算是宵夜），然後返家吃飯洗澡睡覺。

每天晚上離開事務所前，他會花個半小時登入ＢＢＳ（電子布告欄系統，Bulletin Board System），瀏覽過去的社團與系所看板，順便看看所餘無幾的朋友是否上線，即使他並不確定各奔東西的友人們是否能理解他的處境。他大學時曾經加入打貓新聞社，充滿熱情地認為法律只是手段，挖掘社會真相才是目的，但最後才了解，畢業學分比起校內最新幽會景點更加符合自己的需求。

一個人的夜晚大多在盜版的音樂與電影中度過。張正煦最有價值的財產除了實習律師證外，就是那臺畢業紀念禮物 Panasonic SL-S120 CD 隨身聽。他可以花在音樂光碟上的錢不多，所以開始學會下載ＭＰ３。這與他在西門町或光華商場購買盜版電影ＶＣＤ的行為一樣，是他此生少數稱得上違法的行為。

當年 Micheal Jackson 還在世，Britney Spears 和 Christina Aguilera 才要登上頂峰。Ricky Martin 領頭，帶著 Santana 和 Enrique Iglesias 在西洋樂壇掀起拉丁旋風。張正煦為數不多的音樂光碟收藏中，他最愛的是《1996 Grammy Nominees》、Michael Jackson 的《Dangerous》，與ＴＬＣ的《Crazy Sexy Cool》。

其實他並非獨鍾西洋音樂，只是大學時心儀的女生愛聽。暗戀三年，除了無法分辨各種男孩團體外，他也算跟上流行腳步，但僅此而已。他不是那種會花錢追星的歌迷，也從未深入研

---

14 按法務部統計資料，一九八〇年至一九九〇年有領證的執業律師性別人數：女生二三五位、男生一二〇七位。比例約為一比五。

究。他最大的心願只是在無趣的私人空間裡，有節拍與韻律填滿空白。沒有雨的夏夜，他會帶著隨身聽，坐在忠勤社區著名的飛天旋轉梯上，用幾首歌的時間，吸收來自淡水河的晚風，妄想抵抗室內徹夜的悶熱。

張正煦的那臺光陽豪邁，是剛上大學時買的二手機車。他由濱海公路，從羅東騎到臺北，期待單身一人在陌生的臺北市，可以有代步工具四處探索消遣，卻沒想到實習工作不允許如此餘裕。車齡已經十年，每逢雨天，火星塞就不靈光。但回憶也非全然狼狽，某次他索性走路上班。在水氣迷離的早晨中，橫越臺北植物園的礫土，沿著寧靜溫室的邊緣，發出皮鞋獨有的足音。十五分鐘的腳程倒也愉快自在，後來竟成習慣。只是公忙加班之餘，每隔幾天必須記得發動摩托車一次。避免電池耗盡這件事，反而成為了功課。

在這個潮溼與遲滯的角落，張正煦坐擁簡樸堪用的物件，度過律師生涯的最初幾年。拮据並不足以完整定義青澀歲月，水氣光澤卻飽滿了鮮明記憶。溝邊混濁的油水、不明管線的汙水還有沿著青苔漫走的雨水。他能忍受水流撞擊鐵皮浪板的隆天巨響，卻難以適應與水共生的五彩蟑螂。有很長一段日子，他深受某種幻想的霉味與油耗味困擾，以致於特別加強洗衣精劑量，上班前也必定澈底漱洗，過分偏執地維護實習律師的脆弱尊嚴。

忠勤社區就像某種滿溢的容器，承載記憶中一段特殊的噪音與氣味。多年以後，張正煦偶然聞見相近味道，仍能清晰地聽見那幾年每個孤獨的夜裡，光碟在隨身聽裡的迴旋摩擦、牆壁暗管中的水流回響，以及蟑螂在月光下飛行的細碎鼓動。不論回憶路徑為何，所有的感官最終會回到雨天。因為陳年刻劃的水路，雖然不再奔流，卻無法填平。

因為嚴新造訪這個陋室的晚上——唯一的那次，也下著雨。

＊＊＊

他們相遇在火車上。

關於橘黃色的自強號，張正煦可以說的太多。核桃木車廂牆壁，深藍絨布面座位，還有特別舒適的鯨魚頭扶手，伴他度過大半青春流轉的歲月。第一次離家生活，目的地是位於嘉義的中正大學。隔著車窗，他無法體會父母的感慨。總是會回來的。車廂裡過分濃郁的食物氣味，無法掩蓋新生的興奮。這麼往返四年，三個半小時的車程，景物都如底片般記下。

離開校園，補習、入伍然後實習，登車的地點或有不同，終點始終一致。返家成為一種儀式，張正煦才得以在如常的景物中，體驗到關於自己的真相。不是時光飛逝的詩意，而是猛然警醒的失落。在千篇一律的過程中，次數才是意義成立的原因。他漸漸減少自己的行李，只帶必要物件。像是隨時可以離車的過客，減輕已經過重的流轉。具體缺乏什麼說不上來（或不肯承認），但旅途的孤絕終於超越一切，成為讓人難以忍受的靜默。他後來堅持買坐票，為此謹守預購時間，甚至接受離峰時段。至少，望著窗外放空，可以背對整車的疏離。

因此那天當他發現某位女學生占據他的靠窗座位時，張正煦有些不知所措。

女學生正專注在棕色的皮製日記本上，纖細手指搖動著筆桿，似乎在記錄某項要事。她的臉頰清瘦白皙，一雙大眼像是七月天空那般清澈明亮，烏黑及肩短髮隨著列車運動而微微擺盪，輕撫隱而若現的細嫩後頸。北一女綠色制服外面套著米白色針織衫，黑色百褶裙在座位末端翻起一道皺摺，露出光滑雅緻的膝蓋，以及修長緊實的小腿。即使還有一步之遙，那股肥皂清香就此留在他心裡。

每當回想，張正煦非常肯定自己之所以猶豫，絕不是所謂紳士風度，而是他寧可消極地延長這一刻的僥倖，也不願未經思考的一句話，打破純屬偶然的機運。

張正煦默默在她身旁坐下。列車經過松山車站後重回地面，窗外陽光一片大好。女孩將日記本扣好收進書包，並拿出一本書閱讀。逆光在她的側臉上勾勒出溫順線條。張正煦的視線雖然未能跨越她精巧收攏的鼻尖，但無妨目光耽溺於半開半闔的雙脣，與細微起伏的胸脯之間。張正煦才滿足於這個幸運的當下。女孩突然抬起手，搓搓鼻子，然後將右側鬢髮順至耳後。這個動作帶起針織毛衣，意外揭露底下制服的繡字祕密：嚴新。

這個名字，哪裡聽過？

張正煦意會過來的第一個想法是，我看起來怎麼樣？一時半刻間他搜尋起周圍能充當鏡子的物體，但馬上意識到這一切只是徒勞。長相這件事沒有推定空間，不允許反證的存在。細眼寬嘴，扁平的腦袋加上厚重眼鏡，名為張正煦的這個人就長那個樣子。他為此做出最後努力。將眼鏡擦乾淨，順手清理眼角，抹去鼻頭油光，然後挺起胸膛，試著坐得跟她一樣高。他要說了。

「妳是嚴新嗎？」

列車衝進隧道，問句被席捲而來的風切聲淹沒。嚴新並未聽見，繼續看著書。

張正煦想起某個極端無聊的下午，他曾靠著車窗默數，火車進入蘭陽平原前，總共會經過大大小小二十三個隧道。那時候沒想到，原來這段路並不適合搭訕。

「妳是嚴新嗎？」張正煦試著提高音量，但一種尖銳的金屬刮擦聲加入共鳴。他連自己的聲音都聽不清楚，於是更高聲地叫喊。

「妳是——」

火車奔出隧道，四周安靜了下來。

「——嚴新嗎？」

嚴新抬起頭，被突如其來的喊叫嚇了一跳。將手中的書收到胸前，神情防備。

「抱歉……我不是故意嚇妳的。」張正煦不知做何表情，試著說些什麼化解尷尬：「妳爸爸要我照顧妳。我是說……因為我也在臺北工作……他沒告訴妳嗎？」

這是事實，但話一出口，張正煦才意識到有些事情說出來比想像更離奇。他必須解釋：「我爸常找妳爸泡茶，那個張伯伯呀。」

嚴新沒有鬆動，烏亮的眼睛微微收攏。張正煦知道那是什麼意思。像這樣漂亮的女孩，不可能沒有應付過無聊男子的各種起手式——

「對啦，我阿嬤也是你阿嬤的好朋友。」

——只是沒想到是這種回答。

張正煦寧可失敗，不能失格。他發揮律師本色，要以證言決勝：「妳住在羅東，對吧？我們家住在——」

列車衝入另一條隧道。風切聲再度包圍兩人。張正煦不容許自己再次失去格調，決定故做從容，等待這巨大的尷尬過去。

嚴新默默將視線移回書上，張正煦則看向窗外風景——一片漆黑什麼也沒有。

這段隧道出奇地長。

很長。

從容也有極限，尤其是看著車窗倒映自己毫無趣味的長相，還得假裝精采。張正煦在想，我他媽的不記得有這段隧道呀，也太長——

列車奔出隧道。狂放的陽光瞬間讓張正煦失去視覺。過曝的方框，留有前一秒的輪廓。那是剛剛經過大理車站。這裡是——廣袤的湛藍漸漸成像——太平洋。在七月烈日的照耀下，海浪像一種上古時代的聚居生物，成群地緩緩移動著。雖然目的性被隨機性所稀釋，但整體運動之中帶著幻化一切平庸的決心，推向藍色大洋的中心。那是碧綠的龜山島，在波光瀲灩中漂浮，是清晨將醒之夢中才會出現的神祕國度，是萬物和諧的美好境地，深深吸引著張正煦的遠眺目光。

不知道看了多久，張正煦才想起未完成的證言。他看向嚴新，發現她也定定望著大洋。那是他第一次，也是最後一次，和嚴新一同沉迷在這種遼闊的溫暖之中——帶著諷刺的意味——那或許是他們最接近的時刻。

「我通常都會買靠窗的座位。看見龜山島，就知道家快到了。」張正煦知道實話有它的意義。

「那你幹嘛坐這邊……」嚴新想起自己只是占位，語調漸歇。她靦腆地揉揉鼻子，順手將右邊髮鬢理至耳後：「你叫什麼名字？」

「張正煦。弓長張，正義的正，陽光和煦的煦。」

「我爸沒跟我說過，但那很像是他會做的事。」

「請別人照顧妳？」

「拜託別人監視我。」

張正煦尷尬地笑，他明白嚴伯伯大概有那個意思，趕緊轉換話題，指向嚴新手上的書。

嚴新問：「《鱷魚手記》……你看過嗎？」

張正煦為了不讓話題斷掉，下意識地點頭。

「很沉重對吧？」嚴新說。

「因為鱷魚總有一天會被做成皮包嘛！」

嚴新皺眉：「你真的有看過嗎——」

另一條隧道。又一次風切與共鳴。

列車搖呀晃的。這段演練多次的沉默開始變得滑稽，兩人相視而笑，直到隧道結束。

「我從來沒聽過這本書。」張正煦坦承。他的書架一字排開，除了以林山田的《刑法通論》、王澤鑑的《民法總則》為首的法律系列叢書外，一無長物。

「大概法律系跟我們這種人念的書不一樣。」

「你們？哪種人？」

嚴新露出狡黠微笑：「普通人。」

張正煦苦笑。他懂得反面解釋：法律系都異於常人。這絕對不是稱讚之意，但也沒說死。嚴新的笑容與應答說明一切。她有寬容事物的信心，又極端聰明。

張正煦不確定嚴新是否已經相信他的說詞，但他非常肯定，下次要約她一起坐火車回羅東。

＊＊＊

即使要到手機號碼，嚴新也不容易聯絡。張正煦回到臺北以後，嘗試傳了幾封簡訊，說些無關痛癢的話，但嚴新回覆很慢。他不想直接打電話，感覺太過壓迫。更何況不知道該說什麼，硬擠出來的話肯定會讓自己後悔。而且猛然一想，她才準備升高二，自己在積極什麼？

或許她會需要課業上的輔導。畢竟自己是國立大學畢業，應屆考取律師，給予一點學習的方向綽綽有餘。更何況她隻身在外，又是同鄉。這樣想的話，先約出來吃個東西，了解一下她有什麼需求，應該不算奇怪吧？張正煦開始有這類的思緒，直到發現手邊工作不容許他的青春白日夢。

尤其當應酬開始成為行事曆的要項之一。

實習第一個月進入尾聲。有天下午，杜子甄像是交辦任務，又帶著恩賜的善意說：「今晚有飯局，一起來吧。」張正煦還未會意，她接著補充：「就連吃飯的時候也得工作，這就是律師。不過雖然是工作，但起碼能吃飽。六條通的日本料理喔。」

張正煦沒聽過條通，但搭配日本料理似乎言之成理。他隨杜子甄搭乘計程車，在剛過尖峰時刻的臺北街頭，首次感受南西商圈的熱鬧風華。窗外流貫的燈火，與歡愉有致的行人相互輝映。

這麼比起來，那間名為「隱」的日本料理店門面就低調許多。

身著和服的服務生引領兩人進入和室包廂。日本傳統能樂以曖昧的方式穿透和紙，與格柵上的模糊人影和諧互動。他們停在最裡面的一間，服務生示意兩人脫鞋進入。

包廂內坐著一名中年男子，年約四十出頭。他的衣著入時但不招搖，輪廓深邃、肩膀寬闊、胸膛厚實，即使坐著也能感受到不凡英氣。他的聲音明亮但和緩，還帶著些微美國口音：「杜律師，歡迎。」

杜子甄從容入座，擺手介紹：「湯先生，這我們事務所的新人，張律師。」

湯先生堆滿微笑，將名片遞給張正煦。上面寫著「超鐸文理補習班　高名」、「臺灣大學外文系畢業、臺灣大學外國語文學研究所畢業、北京大學光華學院EMBA候選人」。

湯先生接著自我介紹：「張律師你好。我本姓湯，叫湯師承。高名是補習班上課用的別名。」

張正煦做為升學制度下的優勝者，對於補習班那套毫不陌生。雖然他就讀羅東高中，但競爭不分城鄉。地方上的補習班玩弄花招絕不落後。對於帶著運氣成分的聯考而言，感受與想像有著難以取代的重要性。因此名師的光芒，絕不能少了吉利的名號加持。高名的意義可想而知，高分必中、金榜題名。他絕對聽過這個名字，就算沒有上過他的課，也肯定拿過同學私下流傳的講義。

親眼見到傳聞中名師，張正煦沒反應過來，慢一拍才連忙掏出自己的名片，連聲致歉。

湯師承雙手接過，露出親切笑容，直說太客氣了。

滿桌海鮮與壽司帶著油光，在聚光燈照耀下，格外鮮豔肥美。湯師承挾起一塊生魚片，仔細沾上芥末，放入口中細細品嘗。張正煦仔細觀察，內心微小尊嚴開始作祟。日本料理就連吃法都講究，如何不顯得愚蠢便成為一項任務。他意圖輕鬆自若又不失禮節，但空有架勢的從容，節奏稱不上優雅。

「張律師，年輕人要多吃一點，不要客氣。」湯師承看出張正煦的困窘，露出誠懇笑容，端起酒杯向他敬酒。

「我待會還要騎摩托車……。」張正煦真的感到不好意思。

「沒事，你住哪？請我的司機送你回去也行。」湯師承雖說是勸酒，卻傳達著關懷，好像不遵從的話，就連罰三杯也顯得不足。

「四十好幾了還能如此不忌口的，也只有你了。」杜子甄輕聲笑道，算是打圓場。

「杜律師別挖苦我了，這次還是要麻煩您多費心。」

「這次的女學生是什麼學校？」

「中山女高。」

「叫什麼名字？」

「童希真，兒童的童。」湯師承顯得有點不好意思：「家長堅持要告。」

「考慮和解嗎？」

「對方家裡經濟狀況不錯，要求的條件我實在沒辦法負擔。」湯師承小啜了一口味噌湯。

「如果不和解……法律方面，沒問題吧？」

「她幾歲？」

「現在高三，應該是十七歲。」

「你們第一次發生關係的時候，她幾歲？」杜子甄為盤裡的烤鮭魚淋上檸檬汁，連頭都沒抬起來。

「好像是一年多前……。」湯師承不精確地回想，接著將生魚片送入口中：「這部分絕對沒問題。」

張正煦才剛挾起的壽司停留在空中。他終於從兩人對話中拼湊出案件面貌。高中女學生？發生關係？未成年？還不是第一次？張正煦來不及就法律面分析，杜子甄便打斷他的思路：「張律師，年齡部分還要再確認看看，幾個月前才剛修法，可能會影響訴訟策略。」

張正煦點點頭。杜子甄說的是三月底剛剛三讀通過的《刑法》修正案[15]。此次性侵法制大幅變動，當然包含重新制定「準強制性交罪」，也就是對十六歲以下之人「未違反其意願」而為性交之行為。

15　一九九九年三月三十日三讀修正通過《刑法》修正案，將性侵害行為自「妨害風化罪章」中抽離，移至新立之「妨害性自主罪章」。

關於對十四歲以下未成年人的性交行為，新法明確以「是否違反被害者意願」為區分，兩者刑度天差地別。若性交發生在十四歲至十六歲之間，亦有準強制性交罪的適用，只是新法的刑度，在整體法制調整後稍微減輕。

「準強制性交罪」的「準」是類似的意思。立法意旨在於，未滿十六歲之人的思慮尚未成熟，欠缺決定性行為自主能力，因此應特別加以保護。即使性交未違反未成年人的意願，仍然類似於強制性交的情形而構成犯罪。

張正煦思索，童姓高中生肯定超過十四歲，但性交是否發生在十六歲以前尚未釐清。因此杜子甄的提醒有其必要。倘若性交發生在十六歲之後，那麼只要證明未違反她的意願，就絕對不會成罪。確認年紀絕對是本件辯護的重要事項。

湯師承看出張正煦的疑慮，又覺得杜子甄的擔憂沒有必要，補充說明：「年齡沒問題。您知道我的。我不可能傷害她。」

杜子甄不置可否，繼續問湯師承：「你老婆那邊？」

「老樣子，井水不犯河水。錢可以解決的事情，都是小事。」

「這個童姓女學生有證據嗎？」

「什麼證據？」

「強姦的證據。」

「怎麼可能？我絕對沒有強迫她。我們真的在談戀愛。」湯師承嘆氣：「我很想保護她。不過……我也不能承認師生戀，您還記得吧？」

杜子甄嘴裡品嘗著烤鮭魚，隨意嗯了一聲。

張正煦看著湯師承，忘記保持自在。腦中快速地解讀這些片段資訊，卻產生無數疑問。湯師承注意到張正煦的反應，認真地補充道：「形象很重要，尤其是我這一行。讓家長覺得放心，補習班才有生意。」

張正煦不是不明白，但他認為目前最重要的是──「你真的有性侵她嗎？」張正煦鬆開筷子上已經變形的壽司，脫口而出。

湯師承的臉色有些變化，但沒有快過杜子甄的笑聲。這場飯局她第一次轉向張正煦，聽似輕快的提問，卻是不講前提的霸道邏輯：「沒有證據的性侵，還算是性侵嗎？」

湯師承斟滿一杯酒，遞給張正煦：「張律師，你是臺大畢業的？」

「不，是中正大學，」張正煦習慣性補充解釋，此時更顯他內心貧弱：「嘉義民雄的那間……。」

「不好意思，我以為杜律師只用臺大的。哈哈哈哈。」湯師承斟滿自己的酒杯，嘴角有千百種含意：「張律師，你小時候喜歡聽童話故事嗎？你有想過，小紅帽為什麼要為大野狼指路？」

張正煦不懂這個問題所為何來。面對湯師承的輕鬆坦然，他明白自己掌握世道的笨拙程度，讓情勢毫無翻轉希望。

「喝吧，喝了這杯，我就告訴你。」湯師承舉起酒杯，一飲而盡。這是不容許拒絕的邀請。

張正煦只能追隨。

「不在意母親的叮嚀，故意引導大野狼除掉奶奶……擺脫來自年長女性的束縛，你覺得為什麼呢？」湯師承滿意地點點頭，收起笑容，超然的語氣包藏感嘆：「這是心理學喔。」

不是法律問題。張正煦為此感到無力。

湯師承再度斟滿彼此酒杯。這次他更像是在問自己：「為什麼小紅帽明明上了大野狼的床，最後受懲罰的，卻是大野狼呢？」

張正煦勉強微笑，端起酒杯，明白自己應該閉嘴。

二〇一九年（2）

郭詩羽的家位於南港松河街底端，一間被汽車修理廠、資源回收場與貨運公司包夾的連棟公寓內。張正煦雖然來到這裡，但不很肯定該如何與郭詩羽聯繫——手上只有從簡云工作資料中偷偷抄錄的地址。

簡云還在跟他冷戰。他明白簡云的堅持不在對錯，而是不願讓步對事物的溫柔看法。他在十三年的婚姻中學會，就算言之成理，法律論述也不能充分掩護他的魯莽無情。即使在這個當下，確認喆第老師真實身分，對郭詩羽的性侵敘事產生不可動搖的想像，張正煦仍不願改變心意。只是他必須做點什麼，算是賠罪——前提只要能置身事外就好。

張正煦觀察環境後，退回巷口，找到隱蔽的角落等待。他特意選在放學時刻，就是預期在不碰見其他郭家人的狀況下，和郭詩羽說幾句話。

他沒有等很久，便看見郭詩羽遠遠地走來。她低著頭像是必須對抗空氣阻力一樣前行，讓人回想起警局裡的封閉模樣。張正煦必須擋在她面前，才能打斷她好不容易建立的逃逸路徑。

「郭詩羽，我是張律師。在警察局的那位……妳還記得嗎？」

郭詩羽驚嚇地抬起頭，眼神透露出不安。

「我是來向妳道歉的。那天我說了一些不恰當的話……。」

郭詩羽點點頭當做接受，卻依舊沉默。

張正煦能理解自己的轉變令人困惑，試著解釋：「我不是不想幫忙，我只是不接這種案子。」

郭詩羽聽見「這種案子」，再度低下頭，低聲說了謝謝，接著要走。

「我認識很多很優秀的律師。如果妳擔心律師費，我可以幫妳想辦法，那不是什麼大問題……。」

郭詩羽搖頭，拾回原本的步伐。

「我相信妳的說法。我真的相信。」張正煦見她走遠，只能提高音量：「他改過名，過去叫湯師承，妳知道嗎？他有告訴過妳嗎？」

郭詩羽這才停下腳步。不論是否聽過這個名字，這件事顯然對她很重要。她緩緩抬起頭，用手搓搓鼻子，然後將右側鬢髮順至耳後。這個動作……還有那雙圓滾滾的眼睛，第一次直視張正煦，那是七月的天空——他曾經這麼形容過某人的眼睛。

張正煦必須以律師的身分，才能在混亂當中找到字句，勉力維持心理距離：「我相信妳所說的一切，但我怎麼想並不重要……法庭上講求的是證據。我推薦律師給妳——」

「童話故事……可以當做證據嗎？」郭詩羽的問題極其荒謬，卻是張正煦唯一需要的理由。他終於明白湯師承從未離開。長達二十年的逃避只是幻象。面對郭詩羽的無知提問，張正煦確信自己和湯師承沒有不同。

不僅慾望難分軒輊，罪惡也是。

隔日，張正煦刻意提早下班，趕去女兒學校。今天是週三，她固定課後會在學校練習籃球。女兒和他一樣喜歡籃球，甚至更有天賦。不過張正煦今天並不是做為父親角色而去。

他是為了簡云。

夕陽跨越學校圍牆，場邊觀眾席半落入陰影。簡云坐在光的尾端，看著女兒與隊友們最後收操。張正煦意外出現，帶著求饒鬼臉，軟化簡云的冷漠。

「你知道律師和社工最大的差別是什麼嗎？」簡云問。

張正煦搖搖頭，做好承受攻擊的心理準備。

「你們在意答案，我們在意問題……。」簡云漠然地說：「而且你們是混蛋，我們不是。」

張正煦苦笑：「郭詩羽的案子，你們找到律師幫忙了嗎？」

「找到了。」

「叫什麼名字？怎麼找的？有經驗嗎？」

簡云對他突然的積極態度感到疑惑：「我有時候真搞不懂你……。」

「我不是不相信那孩子，我只是——」

「他們是人，不是案件。不是你卷宗裡的事實。」

「相信當事人，對律師而言是非常奢侈的事情。」

「可是只有當你選擇相信，才有可能和他們一起面對。不是評價，也不是判斷，而是陪伴。這才是他們需要的。」簡云強調：「尤其是性侵被害人。」

張正煦點點頭。社工和律師的本質本來就不同，但他了解律師在勝負以外，照顧當事人感受的意義。於是露出誠摯表情，展現讓步誠意：「我來幫她吧。」

簡云嘆口氣，算是接受。就算張正煦從未直接承認錯誤，自己也沒有理由再生氣，只是就事論事，仍有疑慮：「你不是說利益衝突？」

「我不會收錢，義務幫忙。」張正煦刻意輕描淡寫，掩飾他早就確認的決心。

＊＊＊

郭家內部擺設一如公寓的外觀乏善可陳。傳統樣式的木藤椅與茶几做為客廳中心，被細碎無用的器物和書報填滿。不甚用心堆置的紙箱雜物謹守分際，讓出基本的空間與通道。再加上一座拱型的古早電視櫃，便是客廳的全部。

老郭坐在簡云與郭詩羽中間，時不時發出沉重嘆息，手上的菸好像點燃以後就立刻失去風味，又捨不得熄滅，就這麼用手刁著。張正煦坐在單人位上，稍有轉圜餘裕，使他得以環顧四周，度過這段無語的沉默。

電視櫃櫥窗裡擺放著廉價藝品與雜物，幾張證書或獎狀之類的東西，僅在窗格的範圍內滿足主人空虛榮光。除此之外便是各種相框。從它們被擺放的方式可以強烈感受到，這個櫥櫃原本的展示功能被完全放棄，照片以堆積甚至棄置的方式存在其中，傳遞著無可追戀的悲哀氣氛。張正煦卻不由得被各時期的郭詩羽模樣所吸引。她們都留著長髮，笑容無比燦爛。

郭母從廚房端出茶水與簡單點心，謹慎擺上茶几。老郭揮手示意她儘速退開，沉重地展開話題：「如果要開庭……是不是大家都會知道？」

「不會，這類案件必須祕密審理，不會公開。」張正煦說。[16]

「祕密？新聞每天都在報這種師生戀的事情，哪有什麼祕密？」

「郭先生，這不是師生戀。」簡云的語氣禮貌而堅定。

「我只是一個修鞋的，不懂法律。」老郭不置可否，長長地抽了一口菸：「張律師，我們會贏嗎？」

「我們一定會贏。」張正煦沒有保留任何餘地。

簡云對這樣絕對的宣示感到不妥，但決定不過度介入。她此時更擔心郭詩羽的狀態。郭詩羽好像頭更低了。她不理解法律，因此贏得訴訟意味著什麼，改變什麼，就連想像力也幫不上忙。

「在刑事程序中，被害人叫做告訴人，委任的律師稱做告訴代理人。雖然偵查程序由檢察官主導，但是告訴代理人可以協助你們提出證據和法律見解，提高起訴的可能性。」張正煦說：「這個案子由我擔任你們的告訴代理人，有十足把握可以將他定罪。」

老郭點點頭表示同意委任。張正煦慎重地轉向郭詩羽說：「詩羽，我必須要知道所有的事情，所有的細節。」

老郭突然站起來：「我可以不要在這邊嗎？」

眾人雖然驚訝，但不需要言語解釋，也能領會老郭突兀舉動的心情。

老郭想起手上半殘的菸，彎下腰在煙灰缸裡捻熄後，靜靜地離開。

簡云趕緊坐向郭詩羽，輕輕按住她的手。簡云沒有立場批判老郭，只能簡單說：「詩羽，不要怕。張律師和我會幫妳。我都會在。」

張正煦知道簡云的安撫極其必要，因為他接下來要做的，可以說是整個程序裡最痛苦，卻也最關鍵的部分。這正是先前在警察局裡，他中斷筆錄製作的原因。

一九九六年底，彭婉如命案震驚臺灣社會[17]，沸騰的輿論促使政府正視婦女人身安全與性侵犯罪，延宕多時的《性侵害犯罪防治法》才得以在兩個月後火速三讀通過，明令中央與地方

---

16 二〇〇五年一月二十一日修正之《性侵害犯罪防治法》第十八條：「性侵害犯罪之案件，審判不得公開。但有下列情形之一，經法官或軍事審判官認有必要者，不在此限：一、被害人同意……。」

17 一九九六年十一月三十日，婦運工作者、民進黨婦女發展部主任彭婉如，疑遭計程車司機性侵並砍殺三十五刀身亡。此次事件促使政府正視性侵害以及婦女安全，不僅催生《性侵害犯罪防治法》，也推動《刑法》妨害性自主罪章之修正。

皆需建置性侵害防治單位，並加強對被害人之保護。

這股蓄積已久的力量更延續至一九九九年三月的《刑法》修正。立法者將性侵規定自「妨害風化罪章」中移出，以新立之「妨害性自主罪章」統一規範，正式肯認性侵行為所傷害者並非社會道德風俗，而是被害人的性自主權。

然而，對性侵被害人的偏見與敵意，卻不是修法可以解決的問題——尤其是製作筆錄時——這便是律師參與的價值所在。

出於對性別角色的刻板設定、半推半就的浪漫想像，訊問者往往預設前提，例如「你說不是自願的，那為什麼不推開？或者明確拒絕？」便是預設「不願意」必須對應到「推開或拒絕」；又或者封閉式問答，例如「被告是否先說對你有好感，才親吻、愛撫你的？」將答案限定於是或否，不僅忽略前後行動脈絡，並隱含「被告是基於好感才親吻、愛撫」之立場；此外，提問所使用的字詞往往模糊多義，更增添被害人表達之困難，例如「被告有無使用暴力？性侵你幾次？」卻未先界定「暴力」的態樣、程度以及進展變化，又以二擇一的方式要求答案。何謂「性侵」就連法界都存有爭議，不成功的性侵也算？又什麼是成功的性侵呢？

這些曖昧的語言，使被害人於製作筆錄過程中，陷於有口難言之困境。更何況，語言無法超越自身。根據文獻考究，在一九七六年以前，並沒有統一、適當的名稱表達「性騷擾（Sexual

Harassment）」的行為，更不用說形成普遍公認的定義。對於陌生的經歷感受、曖昧的權力動態消長，被害人有時根本找不到詞句描述或解釋，而成為經驗法則的化外之民。

縱使以上問題都不存在，被害人仍須面對另一個更龐大的難題。當自己的身體成為凝視客體，脆弱混亂的同時，又必須承受道德文化的質疑。不願被貶低的心理需求，終將演化為自我責難與自我審查。無法挑戰公權力的經驗法則，又必須抗拒主流的親密敘事，被害人最終在困惑與痛苦中，產出語焉不詳、前後矛盾的控訴——性侵案件無罪判決的最主要原因。

也就是說，上次在警局，郭詩羽承認自己沒有反抗，對於訴訟而言是非常危險的一件事。為了避免郭詩羽落入重重交織的困境，張正煦必須澈底釐清她的故事、所有不堪的細節，然後才能為她打造一套無堅不摧的反應模式，和首尾一致的敘事技巧——以成立「強制性交罪」為終極目標。

張正煦透過簡云的社工報告，大致了解郭詩羽的遭遇。她與湯師承的關係約在一個月前被發現。起因是郭詩羽的成績明顯退步，並且在某次放學後，被學校老師偶然目擊登上一臺頗為高級的轎車。老師特意關心，並在她的筆記本中發現數頁寫滿「湯文華」名字的筆跡，才終於突破她的心防，坦承與湯老師交往，並曾有數次親密關係。

張正煦在簡云的陪伴下，先從幾個比較無害的問題開始，讓郭詩羽適應律師與客戶的特殊信賴關係後，才進入正題。

「第一次發生關係的時間，還有地點？」

郭詩羽始終低著頭，手上握著早已冰涼的茶杯，時而輕輕轉動，望著杯底那片落單的茶葉，和微微擴散的茶色。她的聲音很輕很細，卻非常抽離：「在旅館，暑假最後幾天。」

「記得日期嗎？」

「不記得。」郭詩羽想了一下，又說：「禮拜四，因為禮拜四下午湯老師沒有課。」

這樣的資訊可以推算出正確日期，或至少非常接近，是個好的開始。郭詩羽的生日是二月六日，在升高二的暑假當時，無庸置疑已經滿十六歲，沒有「準強制性交罪」的適用餘地。也就是說，現在只有證明湯師承「違反郭詩羽的意願」，才有辦法將他定罪。

然而，舉證絕不容易。

一九九九年三月的《刑法》修正，基於第二二一條強制性交規定中「致使不能抗拒」的要件過於嚴格，容易造成被害人因為需要「拚命抵抗」而造成生命或身體更大的傷害，故予以刪除，並新增「違反其意願之方法」之要件。亦即，立法者肯認反抗不該是受害的標準反應。因此強制性交罪成立與否，不在證明「被害人曾經反抗」，而在判斷「是否違反其意願」。

看似良善的修法立意，在像張正煦一樣熟悉司法程序的人眼中，卻未能解決真正的難題：強制性交之行為態樣，往往具有高度隱密性。「有無抗拒」也好，「是否違反意願」也罷，都不能迴避舉證的困難。

舉證是刑事司法體系的運作必要。麻煩的是，執法人員常備的，甚至是僅有的標準，是他們習自道德、受文化形塑的經驗法則。雖然「有無抗拒」不再是要件，卻依舊是推論「是否違反意願」的好方法，甚至可能是唯一的方法。

因此，新法或舊法都有相同的危險：預設被害人在任何情況下，皆能全然自主地做決定。於是「抗拒與否」乃個人自我選擇，則「未抗拒」便是出於自由意志。

一旦被害人不符合「標準受害反應」，往往會被認定性交未違反其意願。這種推論結果，在權力不對等的關係中更加惡化。學生被教導尊師重道，女性被要求隱忍退讓，連如何拒絕都不懂，加害人沒有施加強暴手段的必要，被害人也就不可能有反抗外觀。強制性交只是一種太美好的想像。

張正煦深知這些眉角。為了通盤推演策略，他只能進一步確認：「當下妳有反抗嗎？有沒有留下什麼證據？」

「不是說不需要反抗嗎？」簡云低聲問。

「那確實不是法律要件，但是考量到法庭的現實……如果能夠證明反抗，罪名就一定能夠成立。」張正煦試著讓郭詩羽安心：「做為律師，我一定要問，但是沒有反抗也沒關係，還有其他辦法。」

郭詩羽搖頭。

沒有反抗。事情發生了好幾個月，當然也不可能有什麼物理證據。

張正煦並不意外。他接著詢問每次親密關係的時間地點，並逐次細究過程中言語與肢體的互動細節，希望從中找到有利資訊。郭詩羽剛開始還能簡單交代，但漸漸地皆以點頭或搖頭帶過。簡云察覺她的情緒變化，以眼神對張正煦示意停止。

張正煦知道回憶的艱難，決定今天先就此打住，但他還是忍不住提出最後一個問題：「妳上次提到童話故事，是什麼意思？」

郭詩羽停下轉動茶杯的動作，雙手微微顫抖。她在找尋適當的字句，從荒謬的事實中，拼湊稍微可信的說法，但所有的嘗試最終都被尊嚴所拒絕。

張正煦沒再追問。他知道郭詩羽需要時間。有些故事，說出來比聽進去更加艱難。

＊　＊　＊

開車回家的路上，張正煦陷入長考。

他並不特別擔心郭詩羽的精神狀態。一來有簡云從旁輔導，二來透過減述程序多少可以減少重複訊問的痛苦[18]。未來進入審判，或許還有機會依照《性侵害犯罪防治法》第廿六條規定，將偵查筆錄直接做為證據，而不需要再次出庭面對湯師承。

張正煦真正擔心的是，師生之間的性侵，若不能證明「強制性交」，便會落入「權勢性交」的討論——雖然要件看似寬鬆、更容易成立，但刑度卻輕上許多。

所謂權勢性交[19]，是利用不對等關係中的優勢地位，使被害人屈從而為性交。例如醫生對病患、長官對下屬、老師對學生等關係。一九九九年三月《刑法》修正時，將適用範圍擴大至「教育、訓練、醫療」關係，並擴及「利用機會」之情形。因此即便像是補習班這類，沒有形式上服從監督的關係，亦有可能成立「權勢」，以求更周延的保護。

18 《性侵害案件減少被害人重複陳述作業要點》之目的在於提供被害人友善之詢（訊）問環境，並建構機關間相互聯繫機制，以減少被害人重複陳述之情形。

19 《刑法》第二二八條第一項：「對於因親屬、監護、教養、教育、訓練、救濟、醫療、公務、業務或其他相類關係受自己監督、扶助、照護之人，利用權勢或機會為性交者，處六月以上五年以下有期徒刑。」

根據最高法院的見解，「強制性交」與「權勢性交」的差別在於手段態樣以及強度不同，前者的性自主決定權被全面壓制，後者則仍有行使空間，只是在一定利害關係所形成之精神壓力之下，選擇隱忍並曲意順從。[20]

棘手的是，個人意願仍然是審判焦點，反而讓被害人陷入新的困境——因為被害人尚有衡量利害的空間，他們的慾望與需求將會被放大檢視。

老師為什麼特別給你課後輔導？老師是不是送過你什麼禮物？老師牽你的手時，為什麼沒有拒絕？你有沒有主動迎合老師？凡此種種，被害人在發生關係前的所有考量——權力崇拜、利益交換、未來期待甚至是生理慾求……都將在法庭上赤裸揭露。

面對貞潔與無慾的文化價值，被害人將被貶抑，無從倖免。

自由比不自由更加悲慘。

又到底何謂自由意願？「合意」與「未違反意願」有無差異？又如何能清楚區辨？張正煦的思緒開始圍繞著這些最基本的問題打轉……。

「你會什麼向他們保證會贏？」簡云突然打破沉默。

「我有我的方法，相信我。」

簡云的懷疑顯然沒有絲毫減少。張正煦知道自己必須多說一點什麼：「這類案件通常會反覆發生，受害者不會只有一個人。我想，如果能找出其他受害者……互相佐證，我們不會輸。」

「這不是理由，你怎麼能憑空想像，依賴可能根本不存在的被害人？一定會贏？你不能那樣保證……」簡云條理分明，繼續質疑：「你當初明明說不接，又突然改變想法，我始終覺得你——」

「因為我在想，」張正煦只能繼續撒謊：「如果她是小庭……。」

「你不能那樣想。你只能為了郭詩羽。假如你不是，你就不應該接。」簡云斬釘截鐵地

20 最高法院九十九年度臺上字第三七七四號判決：「刑法第二百二十一條第一項強制性交罪與同法第二百二十八條第一項利用權勢或機會性交罪，均屬違反被害人意願之妨害性自主犯罪類型，僅其違反意願之手段態樣不同，強度亦有差別。前者，不論行為主體為何，舉凡以強暴、脅迫、恐嚇、催眠術以外，其他一切足以壓抑被害人性決定自主意願之任何方法均屬之，被害人之性自我決定權與身體控制權因被強制力壓制不得不屈從；後者，指基於上下從屬支配或優勢弱勢之關係而產生對於被害人之監督、扶助或照顧之權限或機會，有此身分之行為人憑藉該監督權所產生之權力或影響力，或趁照顧、扶助之時機，使被害人陷於一定之利害關係所形成的精神壓力下出於無奈不得不順從，其性決定意願仍存有權衡空間而尚未達全然無法行使之程度。」

說：「我要你答應我。」

張正煦點點頭。他沒有別的選項。

「在這種案件裡，你不是英雄。對她們而言，最重要的不是加害人受到懲罰……而是知道在整個過程中，她們能夠為自己做決定。好嗎？」

為自己做決定？是啊，張正煦想。

但到底何謂自由意願？

就連法律也說不清楚。

簡云別過頭看向車窗外。

張正煦打開音響，緩和沉默的氣氛。他決定暫且不去煩惱舉證問題。訴訟講求策略。他很清楚湯師承的痛點是什麼。

下一步，他要先向湯師承的補習班帝國宣戰。

第二章　長大成人

一九九九年（2）

自從嚴新答應一起看電影後，夏天才恢復它應有的意義。雖然日期時間都還未敲定，但張正煦感覺事務所前庭那塊蔥鬱的小天地，好像突然明亮起來。他常常發呆，望著從圍牆頂傾瀉而落的陽光，篩過桂花與杜鵑的枝節，在池面布下閃動光影。

暑假以一種意想不到的方式來臨。

對於嚴新的日常生活，張正煦僅有片段資訊。她白天固定在學校參加暑期課輔，傍晚過後則會去補習班上高二的先修課程。她借住在臺北親戚家。除了必要往返，鮮少造訪學校和補習班以外的其他地方。她雖然有手機，但是很少使用——至少不常回覆張正煦稍嫌頻繁的簡訊問候。

彼時文字簡訊長度上限為七十個字，如果超過了就會被視為另一則簡訊發送。張正煦通常會精密計算，以求在字數限制下，完整又風趣地表達問候，和不經意的關心。並非他在意每則三元的小小花費，而是不希望訊息看起來過於密集。只是往往去多回少，也無法判斷是否已經讀取。

張正煦猜測嚴新大部分時間沒有開機，畢竟在課堂上無法使用。也可能是勿擾模式，因為電話響一聲就進入語音信箱。又或者早已被設定為拒接來電——按照過去的經驗，這並非沒有可能。

張正煦沒有交過女朋友。他在大學畢業當天，才忍痛承認某段僅止於牽手的七天戀情，並不符合正式交往的定義。因為在他告白後，女生再也沒讓他靠近。大學時期的青春配對遊戲，他不是沒有費盡心思參與，只是受限於平庸外型與貧乏手段，成果差強人意。他肯定自己某處有問題，卻無法接受有些事情並非努力可及。

最接近交往的一次關係（並非那段被忍痛排除的七天戀情），對象是小他三屆的直屬學妹——沒有出眾的外型，臉圓鼻塌屁股又大，但說話輕柔，而且皮膚很白。面對如此安全保險的選擇，張正煦並沒有馬虎處理。兩人曾在某個晚上繞著學校寧靜湖漫步十圈，在致遠樓後方的草地上分享獵戶座流星雨，但最終依舊勉強。因為她覺得張正煦馬上就要畢業，離開嘉義後的遠距離戀愛絕無長久可能。張正煦後來恨她，認為她根本沒有看見自己建立穩定感情的用心，而且藉口極其虛偽——她最後和一個有車的臺北學弟交往。

張正煦原本就是社交邊陲份子，畢業後完全無法維持基於校園而生的人際關係。加入杜子甄麾下，即便有交際應酬，也僅侷限於公事，更無餘裕經營私人生活。有時候他覺得，自己與世界的聯繫，好像只剩成大的「盈月與繁星」，還有臺大的「不良牛」[1]。

能遇見嚴新，毋寧是在可悲的暗色日子裡，一道稀微的光暈。面對青春正好的嚴新，即便預期失落結果，依舊無法壓抑心性。他不是沒有想過嚴新未成年這件事，但就算偶有非分之想，也還是懂得分寸。他能心安理得地容許自己，是因為靈魂不歸法律管。這是他從法律中所能體悟的最大浪漫。真正的自由，不假法律之手。

無論如何，張正煦認為自己不再是那個毫無勝算的小伙子。這股自信說來悲哀，在法律系學生間卻相當普遍——他們卑微的自尊因為律師執照而稍獲滿足，卻以為沒有人發現。

幸好張正煦是個有自覺的人。他明白自己離完美還有段距離，所以斟酌著什麼時候去理頭髮，若尊奉「一天剃頭三天厭頭」[2]之哲理，最好安排在看電影前五天，方能進入最佳自然狀態。當然還得在衣著上多用點想像力，因為尼龍布衣櫥內就連西裝都嫌困窘。最大的花樣只有天藍色襯衫與暗紫色緹花領帶，最小的自由則是牛仔夾克與幾件褪色的平價T恤。他甚至開始後悔在憲兵隊的日子沒有堅持多練點身材。

電影的選擇又是另一門學問。第一次約會（最廣義的那種），愛情浪漫劇可能有點尷尬，動作片稍嫌俗氣，恐怖類型又不是每個人都喜歡。舉棋不定的張正煦最後決定用簡訊問嚴新的意見，但才傳出去就後悔。因為她不知道什麼時候會看手機，而且文字往返起來，說不定又是幾天時間。

電影之約不過是口頭講定，義務與權利卻實質存在。這是契約法最基本的概念。所以既然問了，在她回覆之前，也只能等待。

兩三天過去，手機裡只出現星座算命的廣告簡訊。張正煦決定嘗試使用ＩＣＱ和ＭＳＮ，再寄電子郵件給她。新浪、奇摩還有蕃薯藤的信箱都寄。不過依舊石沉大海。張正煦回神一想，嚴新只有每週兩小時的電腦課才有辦法接觸網路，根本緩不濟急。而且這種撲天蓋地的訊息傳送，簡直像頭發狂的豬。

張正煦懊惱地摔開手邊卷宗，在同事欽羨眼神下離開事務所。傍晚的臺北街頭正熱，尖峰車潮蔓延如火龍。他終於受夠南機場的蚵嗲與水餃，想念起城中市場的牛肉拉麵與滷味。沿著

1　兩者都是盛極一時的電子布告欄系統（ＢＢＳ）。

2　臺羅拼音：giàn-thâu。傻瓜之意。

博愛路往臺北車站方向走，臺北地院與高等法院已沒有白天的喧鬧。總統府後門的維安人員依舊以最顯眼的方式保持低調。他在吃麵時想著既然都走到這裡，何妨再走幾步到南陽街看一眼超鐸文理補習班。

湯師承的案子再過幾個禮拜就要開庭。張正煦越是深入研究，越覺得不快。他說服自己，第一次承辦性侵案件勢必需要時間適應。不過湯師承重視形象的那番論調，讓人不禁好奇他的補習班是什麼模樣……。

手機突然響起，張正煦差點打翻湯碗。

「嘿，大叔。」嚴新的語調輕鬆自在，背景聽得出來是在同一個城市。

「大叔？」

「你等一下要幹嘛？」嚴新問。

「我？沒事啊。」

「你開車嗎？」

「騎車。」

「你不是律師嗎？」

「才剛開始嘛……。」

「聽說松山機場的河堤外面有很多籃球場，晚上會開燈，要不要去看看？」

「河堤？」

「記得帶籃球喔。我要上課了。今天會提早結束，補完最後一堂課打給你。」嚴新迅速掛斷。

就這樣？所以嚴新平常手機會開著？所以……她究竟有沒有看到詢問電影意見的簡訊？還是假裝略過？律師性格的悲觀傾向主宰著張正煦的扁平腦袋，直到籃球邀約的喜悅逐漸真實後，他才決定忘記那個命名做作的補習班，還有湯師承的鳥案子。電影或髮型或服裝也都先放一邊。

他得先買一顆籃球。

張正煦過去在學校裡以投射能力著稱。雖然瘦小身形沒有什麼對抗能力，但透過刁鑽跑位和穩定的腿部動作，他的投籃總讓防守方感到巨大壓力。因為無法忍受被笨蛋指揮，他沒有加入系上的球隊，傳奇只存在於街頭。只是不論過去有什麼風光，面對打球毫無章法的嚴新，今晚他的武藝盡失，卻輕鬆愉快。

「這球太新了，球運不好。」張正煦上籃滑倒後，趕緊找藉口化解尷尬。

「打不好還怪球運？」

「我是說球、運不好，不是球運不好……。」
「律師就是愛耍嘴皮子。」
「所以妳以後也想當律師囉？」
「我才不要。」
「妳以後想做什麼？」
「國家地理雜誌的攝影師。」
張正煦對於如此精確的答案有些意外：「所以……妳想念攝影系？平面攝影……有這種系嗎？」
嚴新聳聳肩，「就算有也不能選。」她從書包中拿出一包面紙，遞給張正煦，示意他用在膝蓋的擦傷上：「我爸說老師的工作比較穩定，當老師比較好。」
「妳可以當老師，然後興趣是攝影呀。」
「我爸就是這麼說的。」
張正煦再度被自己的無趣思維反噬。他尷尬地望向手上粉紅色花瓣圖案的包裝，是那種帶有香水味道的面紙。
「你高中做過最蠢的事情是什麼？」嚴新拿起水壺喝。

張正煦放下球，抽出一張面紙，輕輕按在傷口上。最蠢的事？高中做的哪一件不是蠢事？

「我高中的時候，喜歡一個女孩子……蘭陽女中的。她很會打籃球，是校隊的喔。某個週末在球場上看見她，後來打過幾次球，可是一直沒有勇氣和她說話。她的動作真漂亮，尤其是胯下運球後變向突破……。」

嚴新聽著興致來了，眼神發亮示意張正煦繼續講下去。

「有一次，我蹺課去偷看她練球。隔著學校圍牆，妳知道就是那種，一條一條的鐵柵欄，看得太入迷了，不知道什麼時候頭伸進柵格裡，拔不出來……。」

嚴新大笑。張正煦看著她的燦爛笑容，決定把故事說完：「我不想被她看見我的蠢樣，所以決定假裝沒事……直到她們練完球離開。」

「假裝沒事？」

「對，我從書包裡拿出一本書，遮住自己的臉，假裝在讀。遠遠看起來，我就像站在柵欄裡……或者外面……總之，看起來像是在讀書的一個普通高中生。」

「嵌在女校圍牆上讀書的男高中生，怎麼想都不普通吧！」

「妳不能給予我多一點同情嗎？」

「結果呢？」

「我就那樣撐了一個小時。」

「竟然能撐一個小時？」

「直到她走過來對我說，同學，你的書拿反了。」

兩人爆笑，引起慢跑經過的路人側目。

嚴新稍微平復後，張正煦問：「那妳呢？在高中做過最蠢的事情是什麼？」

「我可沒答應跟你交換祕密。」

張正煦莫可奈何地搖頭。一陣晚風吹來，他聞到淡淡香水面紙的味道。

＊＊＊

湯師承首先注意到嚴新的後頸，才順著頭髮的走勢，看向她沉靜又認真的作答神情。

湯師承最喜歡監督作文考試。因為作文和其他測驗不一樣。寫作需要的更多是心，而不是腦——女孩們最柔軟的時刻。他得以從容欣賞最愛的她們，以匍匐的姿態，露出後頸，還有淺淺起伏的脊柱。短髮是最棒的——嚴新就是。那自髮際線落下，綿綿交織的細髮，滾覆成幼毛，以漸層紋路篩出粉紅光芒，每每令湯師承心神不寧。

嚴新的座位在百人教室的中段。湯師承在整整一個小時的測驗中，以眾生寫字的低沉躁動為掩護，來來回回地繞著她巡堂。他慶幸自己選擇的作文題目是：My second choice of career（我的第二職業選擇）。這是他多年來最得意的試題之一。考生必須將自我願景、職業選擇與喜好順序以一種互為因果的關係依次鋪陳。得高分的關鍵在於決定順位的原因是否獨特且具巧思。

考試結束，湯師承回到辦公室，趕緊抽出嚴新的試卷。越是細心真誠的答案，越容易深入突破。以湯師承的需求而言，嚴新的答案堪稱完美。攝影是第一，教職是第二，不過教授的科目必須是攝影，那是她的底線，因為如果勉強做不喜歡的事情還是有可能失敗，那麼為什麼不堅持喜歡的事呢？

多麼浪漫。

湯師承微笑。關於攝影，他了解的不多，但是教職這件事，簡直就是他手裡鋪天蓋地的網。因為要先相信老師，才有可能成為老師。要成為老師，他有太多可以分享。多到足以使嚴新嚮往，然後迷惑，直至無法招架。

湯師承想起童希真也寫過同樣作文試題。他至今仍然認為自己才是最理解她的人。為什麼童希真不懂呢？他時常覺得孤單，好像自己是世界上唯一的怪胎。可是他每一次都付出真心，而且從未強迫這些女孩。如果不能稱做為愛情，那自己胸口中激動又鬱悶的心情是什麼？如果可以稱做愛情，喜悅與痛苦難道會因為身分而有不同？法律的禁制不僅否定人性，更誤解感情的本質。如果真的有勢均力敵的愛情，那也是征戰過後的妥協，絕非平靜安詳的和談。

我不也多次跪在她的面前，將專屬於她的那份羞恥雙膝奉上？

湯師承堅信自己沒有錯，更不是過分浪漫，只是不被理解。

他又醉心地讀了好幾遍嚴新的答案，手指感受筆尖的輕重，沿著娟秀字體進入嚴新的內在，探索她語言未及的溫熱核心。唯一稍嫌不足的是用字遣詞仍嫌稚嫩，而且，她在授課教師欄位的筆跡，寫著高名，而非湯師承——雖然與評分無關。

湯師承是在開業第二年，意識到這個屬於自己的祕密。當時他還需要親自熬夜修訂講義，必勝頭帶長據額頭，紅墨水深入指縫，嘴裡都是羅漢果的味道。那是五月的一個普通深夜，聯考前的黃金時段，最後衝刺的開始。學生散去後，教室裡還留有絕不悔恨的回音。湯師承獨自在辦公室裡批改考卷，卻發現自己無法繼續下去。不是因為疲倦，正好相反，他沒有這麼興奮過。

一位女學生在卷頭，不知何故寫著他的代稱：「高名」。

他認得這名女學生。稱不上漂亮，但擁有壓倒一切的笑容。兩點酒渦像有魔力，讓人移不開雙眼。她的筆跡極其普通，甚至有些潦草，但「高名」兩字卻因為討好，顯得那麼赤裸。

湯師承驚駭地發現自己嘗試從考卷上搜尋她的味道。

從此以後，所有的試卷上都空著一個欄位，等著女學生去填滿。

他的名字，加上女孩們的真心。這是無人留心的權力。

助理送來嚴新的註冊資料。湯師承確認她的生日是九月十七日。一個月後就滿十六歲。這是他與立法者的最大公約數。一秒之間是七年徒刑的差距，法律以霸道的區別手段，展現絕對無私的公正觀點。在這樣的意義之上，立法者毋寧更理解他這種人的需求。

一個月。不長不短。湯師承知道自己必須把握有限的課程，傳達他難以回絕的意志。對此他極其熟練——那本來就是做為師者的絕對魅力。他會說閱讀是食糧，餵養心靈與意志，然後以各種令人怦然心動的引註，收攏聽者的心智。

要駕馭某人，首先必須在語言上制服他們。所以談及夢想，他會引述《麥田捕手》「不成熟的人選擇為了理念崇高地死去，成熟的人則願意為此卑微地活著。」提及女性意識，他會介紹《自己的房間》「一個人能成為自己，比什麼都重要。」揭露威權與政治，是《動物農莊》「所有動物生來平等，但有些動物比其他動物更平等。」安撫受罪惡感侵擾的心靈時，則是

《蒼蠅王》「那裡或許躲著一頭野獸，或者，那裡只有我們。」

這些是這個年紀的孩子需要知道，也以為知道的全部。

當然他不會提及名列二十世紀百大英文小說第三位的《羅莉塔》。並非擔心自己被做為對照，而是那份自述體裁過於赤裸，讓他近乎心痛——「請揣摩我，如果你不揣摩我，我就不存在。」

幾天後，湯師承將嚴新招來辦公室。以一種客觀態度稱讚她的作文，並提出修改建議：「妳的想法雖然特別，但如果首位與次位的職業選擇雷同，那麼最後的理由得更有力道才行。」

「力道？」

「如果以失敗的或然率做為選擇的唯一理由，感覺像是在迴避更深的論說。我覺得可以從個人角度，去討論不同選擇所必須面臨的犧牲……。」

「那就跟一般的寫法沒有什麼不一樣了啊。」

「這是不是人格測驗。這是考試，唯一的目的只是拿高分而已……。」

嚴新偏著頭思索：「如果我以一個小故事，來支持自己的說法呢？」

「故事？很好……不，是很棒的方法。」湯師承露出微笑：「不然妳就按妳自己的意思再試寫一遍吧？」

嚴新點頭，恭敬地收下考卷。

「對了，嚴同學，老師是覺得妳的作文很有潛力，所以……。」湯師承稍微退開，展示身後的桃花心木書櫃：「這些書，妳想要的話，隨時都可以借。多閱讀，對妳的作文很有幫助。」

嚴新看著高頂天花板的藏書規模，害怕拒絕不符禮數，謝謝又過於廉價。

「這個辦公室，妳推門進來即可。」湯師承的笑容竟有歉意：「只是，不要跟其他同學說。」

嚴新點點頭。希望沒有辜負老師的好意。

湯師承緩緩吸氣。空氣中有嚴新揚起的淡淡洗髮精香味。

張正煦向教育局提出的檢舉函，刻意以事務所的信頭印製，小心而簡略地陳述事實經過，提供剛好足以啟動調查程度的資訊。他在函尾簽名前還特意練了幾次，確保湯師承接收到其中絕無斡旋空間的宣誓意味。

行政調查不會影響司法程序，兩者也無先後順序問題。張正煦之所以先提出檢舉，更多是為了向湯師承施加龐大壓力。

補教業在法律規範中屬於「短期補習班」，不像一般公私立各級學校，可以適用《性別平等教育法》[3]以及《校園性侵害性騷擾或性霸凌防治準則》[4]，在調查上擁有完整的程序與資源。此外，郭詩羽案已經涉及性侵害，也無法適用《性騷擾防治法》。因此張正煦能做的只有提出檢舉，要求主管機關查證，並依據《補習及進修教育法》第九條規定，解僱有性侵前科，或性侵害、性騷擾等行為之教職員工。倘若湯師承名列負責人，主管機關更有權力廢止喆第補習班立案。

此舉雖然打草驚蛇，但張正煦另有盤算。

一旦向地檢署提出刑事告訴，檢察官便會接手偵查，告訴代理人只能以輔助的角色提供意見。而且基於偵查不公開原則，告訴方有時很難掌握檢察官偵查所得事證。

行政調查則沒有這麼嚴謹，對於證據的要求也不若刑事程序那麼高。重點是可以先獲得湯師承的說詞，做為後續準備刑事程序時的參考。當然更有利的是，從二〇一七年底國際上出現的 #MeToo 運動，使得社會氛圍更傾向撻伐有嫌疑的狼師。幾次知名事件，網路輿論成為一股龐大的控訴力量，足以影響官方調查方向。張正煦甚至期待因此鼓舞其他被害者出面指證，三人成虎，湯師承便絕無可能全身而退。

3 二〇〇四年《性別平等教育法》三讀通過，就校園性侵害案件採取刑事與性平調查雙軌制。後者係依據《性別平等教育法》進行調查，不受刑事偵審程序之影響，以便快速對校園性平事件做出反應。

4 依據《性別平等教育法》授權制定。第七條第一項明定「教師於執行教學、指導、訓練、評鑑、管理、輔導或提供學生工作機會時，在與性或性別有關之人際互動上，不得發展有違專業倫理之關係。」

張正煦很清楚，刑事訴訟是條漫長的路，後續民事賠償也是，所以並不急於一時，穩扎穩打才是關鍵。而且，這次必須讓湯師承感到痛苦，承受綿延不絕的折磨。所以除了刑責，還必須打擊他的聲譽與事業——以張正煦對他的了解，這才是他所能受到最大的懲罰。

如果可以，張正煦真想親眼看看湯師承收到調查公文時的反應。

但他不知道，有些消息跑得比公文要快。

＊　＊　＊

湯師承在辦公室接到電話時，正好是傍晚用餐時間。他放著半涼的便當在辦公室桌上，正利用額外時間，在教室裡為幾名學生解答問題。

手機未顯示來電號碼，對方的聲音卻很熟悉：「湯老師，局裡今天來了一個律師……我也不方便說太多。那個律師好像是社工找來的，凶得很。你得多留心。」對方還簡短說明，這件事可以壓一下，但現今這個世道，如果對方有心，很難小事化無，一旦訊息進入公眾視野，機關就必須給個交代。

掛上電話。湯師承繼續原本教學，完成老師職責。面前的學生都是獲得補習班獎學金的優秀人才。這是行之有年的獎勵制度。他每年會挑選數位學生，給予補習費用減免優惠。近幾年甚至開始補助設備，彌補學習上的數位落差。補助對象不限舊生，男女皆有，就是希望錢能用在真正有需要的同學身上。

湯師承從未公開徵選，都是推薦而來。因為目的不在打廣告，而是對教育的初衷。只要有潛力，他都願意不遺餘力栽培，也確實幫助許多清寒子弟翻轉人生。他是真真切切地從中獲得巨大成就感。

許多人感念他對教育的熱忱，在成功之後，總會以各種形式給予回饋，延續這份少有的善意。這些進入產官學各界的新興菁英，經過多年累積，都成為湯師承的資產，使他得以繼續低調地在政府標案或產業結盟之中，獲得隱形的優勢。

相比二十年前，他現在是真正處於顛峰。

結束教學，湯師承走回辦公室。這裡位於補習班的頂樓，必須持有特別感應卡才能開啟電梯抵達。除了是他個人工作室，也是統理北中南六大據點的事業核心。雖然坐擁龐大帝國，他卻沒有一絲快慰。這裡就像矮人越挖越深的地道，世間一切的榮耀具足，卻暗不見天日。

他敞開授業大門，向沒有答案的孩子提出問題，使他們得以學習出題者的思考模式。他的腳底下，整棟無數生徒在低聲默背他的道理，卻少有人能走進這裡——他用渴望與恐懼高築的堡壘。

他在鏡子前端詳自己。二十年歲月在他身上並未產生戲劇性的變化，溫柔的皺紋和適度的白髮反而更讓他多了分成熟魅力。更何況剪裁合身的襯衫底下，還保有他用心經營的緊實線條。

但衰老已經非常靠近了。就在顛峰之後。

他每分每秒這樣感受著。上樓梯時膝蓋的卡頓、偶發性的莫名疲倦，還有越來越需要投注心力的外表。衰老就像薛西弗斯的巨石，是無從迴避的龐大虛無。他最近有一種錯覺，好像與退化的對抗在二十年前就已經開始。只是隨著富裕的一切，更加具體真實。

郭詩羽已經兩個禮拜沒有來上課，手機也沒回應。湯師承早有預感，自己的衝動會再度帶來麻煩，但還是做了。他懷疑誰能理解孤高之人的恐懼。那幾次不小心觸碰郭詩羽的手臂，輕輕挽著她的腰眺望城市星火，充盈鼻腔的肥皂香氣，為這晦暗的聖堂，帶來熱切的生命搏動。

世界上曾經存在韓伯特（Humbert），就存在讓他願意創造全新神祉，以椎心刺骨的哭喊聲膜拜的小魔女（Nymphets）。納博科夫（Vladimir Nabokov）指證他們互為因果，只是世人不願承認。這個危機的當下，湯師承開始覺得這一切與嚴新無關。

湯師承傷透了心。絕非害怕，而是不被理解。

他需要幫助。

在城市的另一端，杜子甄此時正點起線香。一陣微風從吹進窗裡，揚起寬鬆的麻紗功夫褲。她赤足走向落地窗，感受柚木地板傳來音箱的沉穩震動。巴哈D小調第二號無伴奏大提琴組曲正進入最後章節。她望向底下隨風擺動的仁愛路林蔭，神情寧靜澄清，幾乎沒聽見手機震動的聲音。

拿起手機，湯師承？

杜子甄沒有忘記這個名字，只是需要一點時間重拾態度。接起電話，熟悉又遙遠的聲音。

「抱歉這麼晚打擾，原諒我心急，但事情……。」她打斷湯師承的抱歉，「謝謝你的信任，但我已經半退休，不再親自處理案子了。」

湯師承嘆口氣，聽來有些沮喪：「本來，確實是有點唐突。我或許不該打這通電話，但對方是張律師。」

杜子甄心知肚明，關於湯師承，沒有第二個張律師。

杜子甄下意識抬起手，疏理灰白鬢髮。她的俐落依舊，只是多了分倦意。意外也不意外。只要人世間的情感依舊炙熱而粗暴，失落的理想未能被好好理解與安撫，純粹的惡意不受審視和拘束，這一天早晚會到來。

身為律師，流程與手續不是問題，拒絕或接受湯師承的委任都有理由。真正困難的地方在於，她知道接下來會發生什麼事。

＊＊＊

杜子甄表明身分後，補習班員工領她走進櫃檯後方的電梯。銀灰色半坪大小的鐵盒子關上後，補習班的喧囂逐漸遠離，只剩馬達在頭頂低鳴。杜子甄注意到鏡子上沾染了幾枚指紋，直覺湯師承曾在這裡面做過。

電梯在頂樓打開，湯師承已在門口等待，一見杜子甄便露出招牌微笑，恭敬但保有情誼地打招呼。

「杜律師，好久不見。真的好久了。妳都沒什麼變。」

杜子甄點頭示意。她從不介意客套話，但除非能馬上想出率真的回應，她寧可保持沉默。二十年的光陰，瞬間縮短至一條手臂的距離，說沒什麼變太矯情，矯情到連嘲諷都顯得無力。她知道自己變得太多。湯師承也是。

湯師承的改變顯而易見。沉潛數年後改名再出發，跟隨數位時代脈動，重回考試市場。他的神態不見年衰氣弱，英氣更勝當年。新的辦公室出入講求獨立，大片窗臺面向最燦麗的臺北城景，還有做為辦公室裝潢重心的那張小牛皮北歐沙發，在精心設計的間接光源下，默默地散發優雅香氣。

杜子甄的改變？還是一樣的事務所，不變的陳設，相同的策略作風，賺差不多的錢。究竟什麼變了？她自己也說不上來，但在童希真案之後，有些事已經完全不同。

杜子甄一步踏進辦公室中心，不顧慮湯師承還在為她張羅茶水，冷冷直言：「你就是在這裡強姦郭詩羽的嗎？」

湯師承有些驚訝，竟靦腆地笑起來。

「在這個新的地方，這張沙發上，你又搞了幾個女孩子？」杜子甄繼續問。

湯師承臉色一沉，緩緩地放下手邊茶具。他花了一點時間適應杜子甄反客為主的態度，但並沒有不悅。因為他必須臣服時代。這種案子比起過去更加棘手。而且，他非常清楚杜子甄的能耐。

「我接這個案子，能夠保證你受到最小的損害。」杜子甄逼近湯師承，收起方才裝得勉強的臉色：「但有一個條件。」

湯師承願意聽，因為除了眼前這個女人，世界上別無第二人能夠看穿他的慾望，明白他的弱點，控制他的恐懼。

「這個案子絕對不能進入訴訟。」杜子甄言簡意賅，語氣不容反駁：「只能和解，而且和解金多少，由我說了算。」

一九九九年（3）

童希真案經過幾次準備程序，檢辯雙方的理由以及證據方法皆已確定，接下來便會進入審理程序，由法官針對個別證據加以檢驗。

張正煦身為實習律師，雖然無法執行職務，但經過審判長同意，仍可於旁聽席觀察記錄。杜子甄將童希真案交給張正煦主責，意味著他必須比任何人都要了解這個案子。除了實際研究策略、撰擬書狀外，每次開庭前都必須向杜子甄匯報，為她做好開庭準備。

綜觀卷證，童希真指控的犯罪事實雖然詳盡，卻沒有什麼直接證據。即使檢方仍堅持以「強制性交罪」起訴，但為求保險起見，「權勢性交」也會是攻防重點。究竟湯師承是否憑藉權勢與童希真性交？童希真的性自主意思受到壓制的程度又是多少？這些與強制性交罪環環相扣的問題，檢方準備傳喚一名證人加以佐證。

檢驗人證的方式便是所謂交互詰問。由檢辯雙方輪流對證人提出問題，藉由交叉比對，顯現證詞的可信度，使法官的判斷接近事實真相。為此，張正煦預先擬好詰問草稿，備齊相關資料，自信滿滿地向杜子甄報告。

「童希真案，下次開庭要傳檢方的證人。」張正煦簡單交代來意，遞上草稿：「問題我都已經擬好了，請您過目。」

杜子甄沒有接過草稿。她正專注整理律師袍，一絲不茍地沿著縫線對摺。絲滑的律師袍在她手上好像帶有記憶，俐落成形。

張正煦觀察她純熟的手法，一邊補充：「這名證人也是超鐸補習班的學生，和被害人童希真同班。」

「告訴人。」杜子甄冷冷地糾正他。

「嗯，對不起，和告訴人童希真同班。」張正煦尷尬地重說一遍。

杜子甄仔細地檢查摺好的律師袍，確認邊角都平整，然後收進公事包內。

張正煦見她空出手，趕緊再度遞上草稿。杜子甄不甚在意地接過去，然後問：「有這名證人的照片嗎？」

張正煦早已準備在手中，直接遞給杜子甄。

照片裡是一名清秀的小女生。

「待證事實是什麼？」杜子甄問。

「權勢性交。」

「她沒有親眼目睹，所以不能證明性交的部分吧？」

當然，張正煦點點頭。

「所以權勢才是重點……補習班師生是權勢關係嗎？」

「我查了過去案例，正反見解都有，所以還是要個案判斷。」張正煦對自己的研究成果頗有信心：「觀察這些判決的推論過程，如果老師被認定有權勢關係，那麼被害人通常——」

「告訴人。」

「嗯，對不起……」張正煦再度改正用語：「告訴人……通常也會被認為有曲意順從而為性交之事實。」

「究竟什麼是權勢關係？」杜子甄收拾完公事包，半倚著桌子，語氣像是在玩一種默契遊戲。

「上對下的支配、從屬關係。」

「這種模糊的概念，檢方要怎麼講都可以。」

「是的，加上三月剛修法，條文放寬權勢關係的認定……整體情況對湯老師很不利。」

「如果師生關係本來就帶有權勢的本質，為什麼檢察官還要傳這名證人？」杜子甄拋出她準備已久的問題，頗具興味地觀察張正煦的反應。

張正煦知道這個問題隱含她對這次修法的意見。如果說強制性交改以自主意思為標準，是被害者的勝利。那麼法官為了避免舉證困難的問題，極有可能將權勢性交做為一種「折衷判法」，或許就是被告的悲劇了。尤其六月時才剛發生軍史館命案[5]，社會風向對於性侵嫌疑犯可說是日益嚴峻。在新法的框架下，什麼是公平還很難說。而律師是天平的一端，必須對這個問題有所警覺。

為什麼要傳這名證人？張正煦思考著，卻沒有答案。

「因為這張臉。」杜子甄拿起證人照片端詳：「受到權勢壓迫而性交，本來就很難有什麼直接證據……關上門的事情誰會知道呢？檢察官很清楚這件事，所以要把兩者串在一起只有一個方法……。」

杜子甄將照片推到張正煦眼前：「想像力。」

張正煦看著照片裡女孩的甜美笑容，內心滿是疑惑。

「總之，這名證人不能出庭作證。你不用花力氣想問題了。」杜子甄把詰問草稿丟進廢紙簍內，拿起公事包準備出門：「今天就這樣吧。」

張正煦突然明白杜子甄的盤算，心裡有種被刺傷的感覺。他一時按捺不住，脫口而出：「杜律師，妳真的相信他們是師生戀？」

杜子甄停下腳步，冷冷反問：「為什麼這件事對你這麼重要？」

「杜律師，妳不想知道嗎？」

「我已經知道了。」

「但是，如果湯老師說謊呢？身為律師——」

「你對這件案子的想像，跟真相一點關係也沒有，大概和你看過的A片還比較接近。」

「但是玩弄程序——」

「玩弄？」杜子甄打斷張正煦，臉色不變：「在法庭上，所謂的事實真相，和公平正義沒有關係，也沒有任何慈悲的成分在裡面。因為禁得起檢驗的東西，才有被稱為真相的價值。如果律師不能窮盡一切手段捍衛當事人，那麼即便正義獲勝了，也只是湊巧而已……那甚至不能稱為正義。」

5　一九九九年六月一九日，發生在臺北市國軍歷史文物館的一起性侵殺人案，死者為一名女高中生。

張正煦消化著杜子甄的道理，怔怔地望著照片。

「從門關上的那一刻開始，再純真無暇的女孩，都會失去被推定清白的權利。這就是法庭現實。」杜子甄緩步逼近張正煦，目光如炬：「認清現實，不要當一個軟弱的律師。」

張正煦放下照片，移開視線不願再看，因為證人甜美的笑容開始帶著嘲弄。

＊＊＊

湯師承坐在桌前，思考著什麼時候該換大一點的辦公室。

超鐸補習班位於南陽街巷弄內，雖然搶占一級戰區，但空間腹地完全無法拓展。這幾年學生人數越來越多，只能零星地在這區的老舊公寓中分租教室。除了管理不便，也有礙品牌形象。他聽聞館前路有幾棟不錯的商辦最近正在招租，或許是事業晉級的關鍵轉捩點。到那時候，他的辦公室就可以有一扇對外窗感受日夜，和一張沙發可以……。

嚴新從試卷中抬起頭：「老師，如果要形容一個人很受歡迎，很討人喜歡，該用什麼字？」

「Popular、Likable……但最高級的是 Simpatico。」

「Simpatico？」

「意思是令人親近、容易相處的。語源是Sympathy，就是同情、同理心，這樣比較好記憶。因為當一個人個性可愛討喜，妳就很容易對他投射感情，喜歡與他親近。」

「Simpatico……。」嚴新默默地複述幾次，然後看向時鐘，開始收拾書包。

「自己回家小心。」湯師承知道嚴新住在景美的姨婆家，最晚一班的公車是十一點四十五分，車程大約三十分鐘。他小心翼翼在日常對話中收集這些資訊，但從未表現在意，總是輕描淡寫地說：「到家傳個簡訊給我。」

嚴新離開後，只留下香味，辦公室變得無比寧靜。湯師承的思緒再度回到事業發展藍圖。他確信一切條件都已臻成熟，唯獨童希真案是最大變數。根據杜子甄的解釋，今年三月《刑法》修正，將性犯罪改為非告訴乃論，一旦刑事程序發動，便不得再因告訴人之意願而撤回。湯師承要全身而退，只能力拚無罪。

然而杜子甄同時警告，以被害者為中心的新法才剛通過，法院裁判的尺度拿捏，誰也沒有把握。此時此刻任何商業上的決定，都必須冒著敗訴的風險——名利雙輸——那是最慘的結局。

嚴新卻偏偏在這個時候，出現在他的生命裡。

湯師承拿起嚴新剛剛寫的試卷，仔細批改並寫下用心詳盡的建議。他想起過去很多個晚上，他也曾為童希真做過一樣的事。他習慣喚她「童」，或「童童」。除了分手那晚，他想起的都是些快樂回憶。

童希真身形修長，長髮流順，笑起來有早熟風采，說話卻有不饒人的幼稚。湯師承可以想像她未來的模樣，鋪上粉脂穿戴閃亮，卻永遠帶著小女孩的不安和脾氣——那種經常出現在漂亮女孩性格中的補償機制，因為這世界對她們的天賦總是充滿惡意。

童希真主動熱情，對於老師的一切有著不講理的渴望。她喜歡聽湯師承說起在椰林大道上和學長鬥詩的狂熱，在佛羅倫斯目睹大衛像的震撼，還有與歷任女友交往的遺憾與哀愁。他們可以沉陷在公車最後一排座位，繞上三圈重複路線，只因為創業故事還沒講完。她說喜歡現代舞，湯師承就搜刮雲門舞集的每一場表演，預訂國家戲劇院的最佳位置。他甚至還有一個衝動，就這麼帶她飛出去，拋下課程忘記生活，到曼哈頓島看一場保羅泰勒的《光環》。

湯師承很想再見一次童希真，用他們一貫相處的語調以及距離對她提問。如果這些真切熱情，在老師的軀體之外被視為犯罪，那麼到底是誰在貶低愛情？老師不過建議她與同齡男生保持距離——任何成熟男性都會肯定的智慧箴言，竟換得一場革命性的反抗。究竟什麼才是背叛？

若不是嚴新的出現，湯師承甚至開始懷疑是自己的問題。嚴新是漂亮女孩的另一種極端。她的盼望清明大膽，喜歡感受真實更甚美夢，而且重要的是，她沒有想過愛情。湯師承發現那是宛若童話般的天地，而優先搶占者將獲得定義世界的權力。

現在這個傷心時刻，湯師承比起以往感受到更大的需求。他需要被理解，需要被傾聽，需要被包覆。傳遞考卷時劃過嚴新的手指，分析句構時吞吐她的氣息，又或者深夜簡訊中簡單的晚安，都能讓湯師承興奮地窒息。這些微小的交錯，賦予等待最高的價值與意義，等到嚴新自己提起她的踏實計畫，關於成為攝影師的目標，還有毫不保留的自我懷疑時，就是時候了。

湯師承猜測。那會是在九月開學前。

＊＊＊

張正煦將那包香水面紙放在床頭。嚴新忘記要回去，他順理成章收著。每天睡前拍拍它，讓關燈後的寂靜中有淡淡香味作伴。無傷大雅的習慣，是張正煦的祕密。

那次打球之後，兩人的互動模式沒有太大改變。張正煦每天都期待收到簡訊，但嚴新手機是夏日的最大謎團。何時開機何時回覆，沒有規則可循。

在無數次查看手機落空之後，張正煦鬧起小脾氣。為什麼每次都是自己主動傳訊息、想話題？他決定停止這個行為，測試嚴新過多久會主動聯繫。日子一天天過去，手機始終紋風不動。他煎熬難耐。他坐立難安。沒料到無聊實驗竟成警世笑話。時間越久，事實越無法動搖——嚴新根本沒有理由想起他。雖然這場鬧劇沒有觀眾，張正煦仍然為自己丑角般的演出感到不堪。在整個行動成為一則寓言以前，他必須停止實驗。

張正煦若無其事地打破沉默：「這幾天還好嗎？怎麼都沒有想起我？」但是訊息送出後又隨即抱頭懊悔。

嚴新的回答絕對公平：「你也沒想起我啊。」

然後，又不知道該說什麼了。

張正煦為了解決困境，去市立圖書館萬華分館借到《鱷魚手記》。他原本計畫與嚴新分享讀書心得，但已經續借一次，卻只翻了幾頁。表面上看起來因為工作太忙，實際上是想不出為什麼有人喜歡這本書。還好電影之約終於成行。不然再這樣下去，早安與晚安，看起來明顯就是騷擾。

嚴新指定要看《驚悚》（The Primal Fear）。電影簡介寫著：「青年輔祭被控謀殺主教，一位追求名利的律師必須找出凶案真相。」雖然不是初次約會的首選，但只要女主角喜歡就沒問題，而且還是法庭故事，觀影之後不怕沒有東西可以聊。

約會時間並不理想。因為張正煦的待辦事項穩定成長，嚴新的學習進度密不透風。她只能在週三下午的學校自習時間，從老師眼皮底下溜走，藉著貴陽街騎樓陰影的掩護，步行至西門町和張正煦會合。

午後稀疏的人群無聲劃過紅樓廣場。玫瑰唱片行前的人行道石磚，被烈日晒得晶亮透白，與五月天的瘋狂世界互相輝映。

張正煦遞上剛買的成都楊桃湯。嚴新一口氣喝了半杯。

「限制級喔。」嚴新說。

「什麼？」

「電影是限制級喔。」

「好啊。」

「可是我還沒滿十八歲。」

張正煦點點頭。連電影院冷氣太強，嚴新可能會冷，所以特地帶上牛仔夾克這種細節都想到了，竟然沒注意電影分級？他只能故作鎮定：「怎麼辦？」

「還是我回學校自習？」嚴新露出絕不是這個意思的微笑。

樂聲戲院步行距離十分鐘。張正煦沒有太多時間思考策略，也絕不能讓嚴新回去學校。他叫嚴新披上牛仔夾克，隱藏學校制服，然後拿出自己的證件，對售票員說兩張票。

「不好意思，規定是每張票都要有證件。」

「她忘記帶證件……」張正煦掏出律師證：「她是我的助理，已經成年了。真的，律師不會說謊的。」

張正煦不很肯定售票員是懶得計較，或者真的相信，或者只是單純不願意和律師打交道。總之，那天下午他們在影廳裡躲過八月正烈的太陽。故事裡有裸露、惡意和謀殺，但張正煦全然無心關注，甚至沒有留意主角律師是否說謊，進而對道德倫理產生新的體悟。因為嚴新的頭髮實在太香，而他混亂地想著，夏天應該要去海邊才對。

張正煦絕非海灘一族。上次去海邊已經不知道是多久以前的事了。十之八九還是跟一群男生，畢業旅行之類的自嗨行程。但在黑暗中，馳騁的想像力毫無邊界。潮水的鹹味，濡溼泳裝的邊緣，還有服貼於雙頰的髮絲。他好像真的看見，砂粒沾附在嚴新的腳趾之間。

披著牛仔夾克的嚴新察覺張正煦眼光，問他為什麼發抖。張正煦推說空調太強，嚴新便按住他的手。確實有點冷，夾克還你吧。

張正煦有股衝動，想緊緊抓住她的手，說夾克夠大，我們可以一起蓋。可是最後選擇沉默。

他知道自己擁有的一切已經過火。

而且暑假，還有好長一段時間。

＊＊＊

湯師承的司機在瑞安街口停妥，等湯師承與嚴新從後座下車後，又安靜駛離。

八月下旬，難得的日子。因為天空讓人想起流經亞嘉杜的塞納河，因為雲絮聞起來有香草的味道，也因為飛往法國巴黎的班機即將準確地劃過天際。

湯師承領著嚴新走進一棟無名公寓。大理石壁面冷卻午後的燥熱，頓時黑暗的門廳卻使嚴新停下腳步。她需要適應，目光在探索。湯師承貼心地停下腳步等候她的視覺復原。繼續深入，他們踏進公寓天井。這是個由管線和盆栽構築的不等邊三角形空間。日光在此尋回它的空隙。有人在鐵窗後行走與低語。

嚴新還未能找到安放的位置，隨即感受到一陣無處而起的低鳴與震響。她聽見氣流在腳邊形成，向上旋轉，帶起各種懸掛物。衣物飛舞、枝葉擺盪，鐵架、繩索還有掛勾串連，見證這必須分秒不差的物理奇蹟。嚴新順著湯師承的調皮眼神望向上方，香草天空正是最燦爛的時刻，突然巨大機腹掠過，切開不等邊的對角，為一切迴響贏來最終高潮。

湯師承笑得像個孩子——他真的是。

嚴新也是。

四周安靜下來，天井回復本來面貌。

「好幾年前，有一次我無處可去，想要躲藏……或者逃跑。」湯師承輕輕地說：「然後我發現自己身在這裡，連怎麼進來的都不知道。我很害怕……那些聲音和震動，好像真的到了世界的盡頭，直到飛機從我頭上劃過……。

「後來我才知道，要感受到這一刻，必須非常精準。

「我的第一次，是毫無方向的迷失，也是一次精準的巧遇。如果美好的事物能在意外中發生，即使失敗了，不過是新的風景，我好像又有力量繼續下去……。」

嚴新終於體會老師為什麼帶她來這裡。上禮拜模擬考成績不如預期，她失落了好久，還在老師的桌前流下眼淚。明明已經花了整個暑假的時間，進步的節奏卻笨重蹣跚。

可是老師說，心理學研究有達克效應，也有冒牌貨症候群。不論你對自己的評價如何，它都不一定準確。不安與困惑是好事，跌倒和迷路只是過程。重點是你沒有放棄，還在路上，不是嗎？

湯師承將手中的側背包遞給嚴新。她打開，裡面是一臺 Nikon FM2 相機。

「其實我很羨慕妳，知道自己想要什麼。我以前沒有什麼夢想，只知道讀書。會想當老師也是因為遺憾吧，覺得年輕時最純粹的夢想，應該要好好保護著。」湯師承語氣帶著歉意，好像又做錯事一樣：「這個相機……是我們的祕密。」

嚴新抱住側包，身體感受著相機的形狀與重量。老師記得她的目標與夢想。

突然間，低鳴又再度迴盪。這次嚴新聽得清楚，就連鐵窗也不安晃動。

「連續兩臺，只有今天。」湯師承大叫，彷彿在向世界宣告。

嚴新抬頭，第二架飛機狂嘯而過，而且比上次更低。尖銳的噪音竄入井底。嚴新下意識地躲向湯師承。

湯師承順勢搭上她的肩膀，讓她輕輕依著自己的結實手臂，一起仰望這個只屬於他們的狹小天空。

回補習班的路上，黃昏色彩完全退去。嚴新突然打開車窗，尖峰時刻的熱潮變得立體。她拿出相機，向紊亂的街頭對焦。湯師承望著她轉弄著 50mm 標準鏡頭，靈巧擺動手腕、指腹，還有粉色的指甲，心裡輕嘆時間太快，又太慢。

嚴新以不同角度，捕捉車窗大小的世界，接著將目光轉回車內。透過觀景窗，好似所有事物閃閃發光，萬物有了靈魂。她最後停留在湯師承的鼻子前面。

「老師，我可以問你一個問題嗎？」

湯師承笑著點點頭。

「你叫什麼名字？」

「湯師承。商湯的湯、師長的師、繼承的承……湯師承。」

嚴新用微笑接受，在腦袋瓜裡想像這三個字的形狀，還有它們並列的模樣，然後對著湯師承的笨拙鬼臉，按下快門。

車子轉進忠孝西路，距離南陽街已經不遠，湯師承輕聲說：「等等妳先進教室。」

「為什麼？」

「因為比老師早到，就不算遲到。」

「和老師一起，也不算啊。」

湯師承對於嚴新的機伶，莫可奈何地一笑。

自己眼光真是好。
就差幾天而已。

二〇一九年（4）

張正煦走過校園走廊，聽見籃球拍動聲音，他忍不住望向操場。夕陽劃過籃球場上的孩子，將奔跑身影拉上草地。逆光觀察那些不定形狀，在忽高忽低的起伏中，彷彿靈魂全然自由。

他喜歡籃球，不論球場上是什麼人在玩球，每次經過都會下意識駐足。開始經營事務所以後，又有了家庭，打球成為非常奢侈的事情。直到張愷庭三歲時，竟然能拍著一號小球追人跑，張正煦才又找回理由碰籃球。女兒的動作技巧比起同齡的孩子成熟，投籃能力更勝父親一籌。父女倆在球場上度過許多快樂時光。最大的衝突只在於，女兒喜歡金州勇士隊，張正煦則堅持猶他爵士隊才是籃球正統。

後來女兒加入校隊，兩人反而越來越少時間一起打球。張正煦有時候覺得訓練太辛苦，有點心疼她。而且隨著年紀增長，男女生理的差異越來越大，張正煦也開始擔心不服輸的女兒有一天會受傷。

張正煦轉開追尋球場的眼神，意識到自己很久沒和女兒好好打一場球。小庭身體變化的事情讓他措手不及。加上這陣子忙著郭詩羽的事情，一直沒有時間好好和她相處。沒想到今天竟然接到教練來電，說小庭和隊友起衝突……。

張正煦走進體育室，看見女兒一臉執拗地坐在角落。教練滿臉無奈，說愷庭不知何故，動手毆打男隊員。對方眼角瘀血，但沒有大礙。張正煦擔憂地觀察女兒。教練才又補充，她完全沒受傷，因為對方知道她是女生，才沒還手。

張正煦知道事實不是這樣。女兒多少遺傳自母親的脾氣。對方之所以沒還手，肯定是因為被這個發狂的小妞嚇壞了。張正煦沒有在教練面前責備女兒，只詢問了對方家長的電話，便帶著女兒回到車上。

張愷庭傲氣仍在，但在父親面前總算放下防備。倚著車窗，在夕陽餘燼的折射下，眼珠透著琥珀色淚光。

「為什麼和那個男生打架呢？」張正煦輕聲說：「女生不應該那麼粗魯，動手動腳的。」

「他翻我書包。」

書包？有這麼嚴重？張正煦隱藏心中疑問，委婉地勸：「不管怎麼樣，動手就是不對……下次先跟教練說，或者回來跟我說，我會幫妳。」

張愷庭沉默，不願回應。

「妳有跟教練說嗎？」張正煦決定給予女兒更多心理支持：「不然我現在就回去跟教練說，本來就是對方有錯在先——」

「不要！」張愷庭突然憤怒大喊。

張正煦壓住脾氣，試著講理：「為什麼？翻書包其實也沒什麼，對吧？有什麼事不能用講的？打人就是理虧……。」

張愷庭閉上眼睛，頭埋在肩膀裡，縮起身子背對張正煦。

看著女兒蜷曲的模樣，張正煦想起她剛出生時也是這樣。他在產房裡從護士手中接過女兒，抱在懷裡輕飄飄的，就連哭聲都那麼抽離，臉還皺成一團。完全和預期不同。好像必須重新想一下，才能確認自己有了新身分。

女兒取名「愷庭」。「愷」是快樂的意思，「庭」就是我們在的地方。因為有了她，所有的一切都會變得快樂。張正煦這麼對簡云說。謝謝妳。

小庭滿足歲前，一場連日高燒，燙得冷汗直流。伴隨眼結膜充血，嘴角乾裂發炎，四肢紅腫、末端脫皮。張正煦突然感覺被什麼壓得喘不過氣。懷裡孩子的存在終於變得真實。醫生確診為川崎氏症，沒有處理好的話，會有心臟方面的後遺症。他趕緊追問，那些潰爛的皮膚會不會留疤？

整整七天，張正煦在女兒身旁幾乎沒睡。看著她的小手小腳，還有迷茫夢囈，知道自己絕不允許這個寶貝有任何差池。就算是病毒，他也能想像出形狀，然後徒手將它們撕裂。

後來小庭說要加入球隊，張正煦擔心她受傷。小庭被選為風紀股長，他擔心被男同學霸凌。小庭從來就不喜歡穿裙子，他擔心女兒沒有氣質。一直到小庭五年級，說要剪男生短髮時，他終於忍不住，苦口婆心地勸，標新立異對妳不好，尤其是女生。

簡云給他白眼，女兒更直接回嘴，我才不想當女生。這下張正煦又開始擔心她這種脾氣，未來找不到伴侶。可是他不敢這麼說，因為簡云肯定跳腳。最後被母女倆逼著，親自帶女兒去剪頭髮，以示誠意。他還帶上史蒂芬柯瑞（Stephen Curry）的海報供理髮師參考，強調頭髮就要這個長度。雖然心疼，但是女兒剪完後燦爛的笑容，還有用力一吻，讓他了解，無奈也有甜蜜的一種。

他曾經不經意地說，如果是男生就好了，我就可以省事安心一點。簡云問為什麼。他直言，男生比較不會被欺負呀。簡云冷回，你知道根據澳洲的兒童性侵報告，被害者男生多於女生嗎？

「是啦，我開玩笑啦。」張正煦知道在這件事上，他絕對沒有專業優勢。

「所有的玩笑都建立在一定的脈絡上，絕非沒有真心。」

「哎呀，我不是那個意思。畢竟按照我的工作經驗，大部分都是女性被害者……這世界對女生充滿了敵意，也不只是在身體上面。」張正煦略帶撒嬌說：「況且父親擔心女兒，很正常吧……反正妳們兩個都是我的寶貝，我會保護妳們。」

「我們才不需要你保護。」

張正煦笑而不答。怎麼有人能夠理解父親的心情？不管怎麼樣，他會承擔父親的責任，關於這點他深信不疑。

看著女兒執拗的側臉，和簡云太像了。他不忍再苛責，所以輕聲說，好了別氣了，爸爸帶妳去吃好的？接著發動引擎，點開女兒最喜歡的歌單。一路不說話，帶著她回家。

＊　＊　＊

簡云常常挖苦張正煦，律師不過是紙上談兵的職業。他們只需要往返於法院與事務所，就可以完成大部分工作。面對當事人，可以坐在舒服的辦公室裡，他們會自己上門。就算要跑警察局，最大的作用也不過是檢查筆錄而已。

社工就不一樣了，是真正深入各個執法單位的前線戰士。拜訪警察局、醫院、法院還有殯儀館是一般日常。難得坐在辦公室裡，除了無盡的表單與報告外，還必須懂法律，撰寫各種聲請狀、抗告狀，甚至陪著案主去開庭，在法庭上捍衛他們的權利。更慘的是有時候公親變事主，挨告跑法院也不算少見。簡云就曾因為安置未成年人，而被家長告過和誘、略誘[6]和妨害自由呢。

要了解案主的家庭環境，社工必須拜訪案家——絕大多數並非愉快經驗。這幾年單位開始配給辣椒水，多少有一點心理安慰，但如果遇上高危險性的家庭成員，就必須請求警察協助陪同。雖然這是《社會工作師法》的規定[7]，但大部分情況下，警察會以「勤務無法負荷」拒絕

6 「和誘」是指經未成年人同意，使其脫離家庭或其他有監督權之人，並置於自己實力支配下之行為。「略誘」則是未經未成年人同意，而為上述行為。後者刑度較高。

7 《社會工作師法》第十九條第二項：「社會工作師執行第十二條第一款至第三款業務時，有受到妨礙，或身體、精神遭受不法侵害之虞者，得請求警察機關提供必要之協助；已發生者，警察機關應排除或制止之；涉及刑事責任者，應移送司法機關偵辦。」

支援。所以社工時不時得去警局泡茶聊天，套點交情，以防自己哪天因公殉職——不是沒有發生過。

更別提來自案件以外的壓力。有些施暴者會找來民意代表，除了打聽辦案方向外，還會利用刪除預算、在施政質詢時刁難首長等方式干預個案工作。

曾有數據調查指出，兒少保護社工高達八成五超時工作，有九成曾經遭受跟蹤、騷擾、恐嚇或攻擊。張正煦經常擔心簡云的身心安全，不只一次勸她辭職。畢竟他的收入富足，而且社工的薪水實在——張正煦試著說得委婉——性價比不高。簡云則會回嘴，就是看上你有錢，因為我想做自己喜歡、對社會有意義，但不可能賺錢的事。

以簡云的資歷，她早就應該升督導、組長，甚至是副主任了，但她總是拒絕，因為只有組員會直接承辦個案，也才有機會與案主接觸互動。對她而言，看著案主——尤其是孩子們，能夠走出陰霾，重新找回生活以及做為人應有的信心與善意，她才感覺到自己存在的意義。

這世界對於被害者的誤解太多，偏見太深。簡云深刻體會，被害者不是走出來，而是走過來。生存，無可避免要與權勢對抗。但對於性侵被害者而言，那是身心靈的全面戰鬥。任何相處的細節都必須設身處地、感同身受。所以簡云不會要他們學會「保護自己」。那只會讓已經遭害的人歸咎自己能力不足。她會告訴他們，你有權利拒絕侵害與尋求幫助。唯有那樣，他們才能肯定世界不全然由共犯結構組成，進而獲得掌控自己處境的主觀可能。

簡云當然不是沒有懷疑。她也會受傷，但更害怕麻木。有幾次她的同情被案主利用，對工作失去信心。為了保護自己，她開始試著與案主保持疏離，卻漸漸發現那股漠然，無可避免地蔓延至生活。她開始感知不到現實，差點陷入憂鬱境地。

身處傷痛第一線，卻在各種條件上面臨衝突與矛盾。社工絕非一名伴侶應有的最佳職業選擇。所以簡云在剛開始交往時，曾經這麼試探過張正煦：「你聽過替代性創傷嗎？」[8]

「替代性創傷？」

「我曾經接過一個案子，未成年的女孩，從小被父親侵犯，母親甚至在場，卻不聞不問。後來父親車禍死了，母親帶她回到娘家。原本以為苦日子過去，卻又被舅舅侵犯，甚至懷孕……等她長大到懂得逃家的時候，帶她走的男子……。」簡云不願再回憶，默默地說：「輔導她的那陣子，我甚至不敢面對自己的父親，覺得沒有人可以相信，認為男生都是禽獸……。」

8 非親身經歷創傷之人，卻因直接與被害者互動，或長期暴露在創傷資訊之下，而出現類似創傷後的壓力反應，稱為替代性創傷症（Vicarious Traumatization）。經常發生於被害者親友或必須密切接觸被害者之專業人員身上，例如社工、警消或醫護人員。

「男生是禽獸這回事，還需要替代性創傷來確認嗎？」張正煦試著開玩笑，但也認真關心：「妳現在好多了嗎？」

「沒有，所以給我小心一點，我隨時都會拋棄你。」

「妳找不到像我品味這麼好的禽獸了。」

「律師也會有替代性創傷嗎？」

「我曾經遇過一個被告，只因為義氣替朋友擔保，房子賠光，什麼財產都沒了。妻子為了貼補家用日夜加班，結果因為精神不濟開車，撞上分隔島，和兩個孩子一起死了。他回去找那個朋友，希望要回一點錢，支付喪葬費，卻被朋友打個半死……腿瘸了沒辦法工作，一怒之下燒了他朋友的車，自己還被火波及，全身大面積灼傷……最後，在法庭上沒有人幫他，被判放火罪。」

「你為什麼不幫他？」

「因為我是對方請的律師。」

「你真是混蛋。」

「律師和你們不一樣，我們不能只考慮單方說法。只有不斷質疑，在當事人還不知道自己的問題以前，就替他把問題解決。這才符合當事人的最佳利益。」

簡云懂得程序的必要，還有律師的職責，但是她從未動搖自己信念：案主的陳述都是真的。她從不判斷，也不評價，因為只有相信，她才有陪伴的資格。被害者需要的是有人和他們一起承擔程序的殘酷。在她長久的社工經驗裡，事實在法庭上或許真偽不明，傷痛卻是真實無比。

對於張正煦突然接下郭詩羽的案子，她並非沒有懷疑，但如果是為了小庭……雖然那也不該是理由。她以為張正煦終於能夠體會自己的心情。當你有了孩子——那些被害者都是孩子——看待世界的眼光便不再一樣。

簡云想起她第一次遇見張正煦的場景。那個躲藏的眼神，疲於適應的靈魂。張正煦或許粗魯，但絕對溫柔。有時候就是過於溫柔，外觀才會看起來像個混蛋一樣。

所以她選擇相信張正煦。

所以當湯師承由某位市議員陪同，走進督導辦公室時，她一點也不害怕。

透過玻璃，簡云讀出湯師承念起她的名字，心底的厭惡達到極點，以至於稍後兩人面對坐下時，她決定以眼神殺死他。

「科長，這樣做難道沒有問題嗎？倫理上說不過去吧？」議員抬高音量，以為只有他自己知道這句話什麼場合都用得上。

「是，議員，這件事我也是現在才知道……。」督導連忙點頭。

「這樣好像未審先判耶，對湯老師不是很公平吧……。」

「我會請簡小姐這邊把案件交出去。」

「不是交出去就沒問題了。應該停職調查吧？」

「這個我們會再——」

「我覺得必須要全面清查簡小姐過去的紀錄。將公部門案件轉介給自己老公？說不定不是第一次了，難道沒有圖利瀆職的問題嗎？」

「是，我們會好好調查——」

「不用說那麼多，下禮拜我要看到報告，你直接拿來我的服務處，我要——」

「湯先生，做都做了，你現在是不敢承認嗎？」簡云打斷市議員的話，冷冷地看著湯師承。

「你不要太過分了！」市議員指著簡云，作勢要站起來。

「不愧是小張的老婆，和他一個模樣……」湯師承淺淺微笑，不疾不徐地拿起茶杯：「就是有點用情太深了。這樣做事，很不輕鬆噢。」

簡云先是呆滯，然後困惑。她毫無線索，卻浮現眾多猜想：「你認識張正煦？」

步。

在這個時間點上，她不可能察覺案件背後的愛恨糾葛，更不會明白這只是杜子甄的第一

對簡云而言，背叛只有一種形式。

一九九九年（4）

列車離開瑞芳車站以後，沿著基隆河行進，接著在三貂嶺後轉向內陸。往下便是俗稱的平溪支線。沿途在山巒和草木的虛掩中，磊石遍布的河谷在右側若隱若現。

四節車廂裡人滿為患，張正煦和嚴新的朋友們擠在最後一節。除了張正煦，他們人手一臺單眼或傻瓜相機，在鬧哄哄的車廂裡，興奮地望著窗外，帶著無來由的確信，認定今日的一切都將非常美麗。

張正煦沒有去過平溪。他本來鼓起勇氣，想趁著開學前，約嚴新去福隆海灘，但她露出你自己也不知道要去那邊做什麼吧的表情，然後提出平溪行的建議——後來他才知道那是高中攝影社的活動。

嚴新稱之為聯合團拍。參與的學校有建中、附中、成功、中山還有景美女中……至少十來個人，說不定會遇到你的天命真女噢，嚴新這麼說。張正煦本來以為是單獨約會，還沒從降級的沮喪中走出來，沒好氣地回：我比較喜歡ＴＬＣ。[9]

大華車站是平溪支線第一站。才離站沒多久，張正煦就聽見攝影社朋友們驚呼。順著目光朝窗外看去，一座紅色的鐵橋橫跨基隆河，在波光瀲灩的綠水之上，閃耀著遺世光芒。幾位同學拿起相機捕捉。一名貌似聯合團拍團長的男同學，大聲介紹起拍攝重點。那橋底下延伸至河底是壺穴地形，再等列車過一點，要逆著光拍！

張正煦手上沒有相機，即便裝得興致，也難以從外觀上融入。他特意新燙的襯衫過於平整，雖然搭配的是最帥的那條 Levi's 牛仔褲，但衣擺在紮與不紮之間掙扎了很久。最後他選擇紮進褲頭，成功發揮這個穿搭組合的極致表現，但世代品味的差異，絕非風格那麼簡單。尤其是團長以天若有情的華弟外型，搶占視覺中心。張正煦為了降低畫面不協調的風險，兀自退開，讓團員們有空間發揮。

嚴新把握著ＦＭ２相機，卻沒有爭搶窗外景色。她湊近被擠開的張正煦，對著貼近窗戶的眾人按下快門，向張正煦輕聲道：「這張叫做壺穴在哪裡。」

9　真命天女合唱團（Destiny's Child）與ＴＬＣ皆為九〇年代當紅的流行樂女子團體。

列車駛入無名隧道。十分瀑布的聲勢在黑暗中由遠而至，突然日光乍現，一陣風帶起水氣，彩虹折射於樹影間，順著火車動勢進入十分車站。軌道旁出現小鎮景象，遊客穿梭於夾道店鋪之間。張正煦卻沒有歲月靜好的感覺。

這次活動的規劃是先坐到底站的菁桐，再沿線玩回來。一整天時間除了遊歷，拍攝也是重點。團長宣稱主題和手法不限，最後成果會用於新學期的迎新展覽，吸引各校新生加入社團。

甫一下車，團長便帶頭介紹，對行程看點有超乎常人的把握，想必此行志向絕不在拍照。他由臺鐵全新購置的橘黃色 DR1000 型柴油列車說起，又談菁桐車站日式洋小屋構造的設計意義，兼論老街日式建築的時代特色。張正煦身處團體邊緣，半強迫性地接受這些資訊。因為他總是跟著嚴新，團長也是。

團長繼續以技術指導自居。先談測光與曝光補償，再探討光圈與景深的關係，最後說起黑白攝影的深意：對比、線條與負空間。張正煦這才發現原來大家都是用黑白底片。為什麼？嚴新答：黑白底片才能自己在暗房裡洗呀。張正煦想起某個男女主角在暗房裡激情擁吻的電影畫面，開始覺得自己似乎也該學學攝影。

團隊向平溪前進，以一種劫掠之勢，狂暴地以快門奪取各種生息。貓、蕨類還有瓦片，團長宣稱都有它們自己的呼吸！拍人追求空氣感，手拿烤魷魚乾也必須遵守構圖的黃金比例，廢棄礦坑可以用作線條延伸，樹梢飛舞的枝葉化為螺旋散景也只是剛好而已。

「如果妳覺得拍得不夠好，那是因為妳靠得不夠近。」團長按著嚴新的手腕，作勢讓她更靠近一片臺灣煙酒專賣的洋鐵招牌。上面的壁虎受到驚嚇逃竄，嚴新笑著說太近了。張正煦看在眼裡，腦袋把嚴新的生活理了一遍。女校絕無男同學，補習班日夜密集行程也難有機會，只剩攝影社活動有親密接觸異性的可能。看來團長占據著嚴新生活中很重要的一部分，更別提他們可能去同一間補習班，左右往返無縫接軌。對了，嚴新去的是哪間補習班？

午後烈日高懸，眾人選擇在平溪老街大樹附近攤位坐下吃麵。經嚴新介紹，團員們才知道尾隨半日的大哥竟是律師，紛紛對他產生不切實際的興趣，問起為什麼要替壞人辯護、如何把《六法全書》都背下來等等考古題。張正煦皆以禮相應，絕不虧待但謹守原則地耐心回答。團長在消聲半刻後，以稍微過度的笑容，高聲問：「你們律師不是都把黑說成白的？」

「只有頭腦單純的人才會以為這世界只有黑和白。」張正煦絕無可能放過這個教育民眾，同時又可以維護男性尊嚴的肥美機會：「法律就像攝影一樣，光圈景深只是理論而已。重點不是黑或白，而是你怎麼處理灰。」

眾人先是呆滯，然後領略其中哲學意味，才集體發出「喔～～～」的驚嘆。

團長以那個年紀獨有的廉恥，賭上建國中學的名聲，不甘示弱地保持戰鬥態度：「果然是律師，法律也能扯上攝影，黑的不說成白的，現在是灰的！在法庭上都是用灰[10]的……。」確實機智。嚴新也笑了。張正煦決定讓恩怨在笑聲與麵汁中過去。

＊＊＊

張正煦獨自走進嶺腳車站。汽笛乍響，列車緩緩降速，駛入最後的大幅度彎道。他站在月臺上，發覺自己的位置正好將遠方的山巒收為背景，蜿蜒列車以最大曲率在山腳下延伸，如果自己也有相機，肯定是幅得獎作品。

離峰時段的遊客不多。在片刻的寧靜下，他決定自己離開。絕不是因為鬥嘴失敗——他還沒使出實力的百分之一。而是他認知到自己對嚴新而言並不特別。原本以為的身分優勢，在這些少年的叛逆心性前，顯得世俗難耐。越是認真看待他們的意見，在無厘頭的反動文化拆解下，就越顯笨拙。

青少年的世界離他太遠。團長比起自己更有機會，所以他決定安靜退出活動。

張正煦上車後刻意選擇向山那側，迴避遊人景色，準備回程一路放空，以致於嚴新在他身旁坐下，都沒有察覺。

「不說再見，有點幼稚。」嚴新說。

張正煦見周圍並無其他團員，既訝異嚴新脫隊行為，又為自己的任性感到難為情。想到重獲與嚴新單獨相處的機會，矛盾而奇異的心情油然而生——張正煦發現自己可以在瞬間原諒嚴新。

「重點不是黑或白，而是你怎麼處理灰？」

「那是一個喜歡攝影的學弟說的。我只是突然想到而已。」張正煦苦笑：「法律系很多這種裝模作樣的人。」

「你記得十分瀑布旁邊那個無名隧道嗎？」

張正煦點點頭。

「算準時間和角度，再加上一點運氣，會在隧道口拍到彩虹喔。」

「團長說的？」

「團長？」

10　臺羅拼音：Hue。耍賴、胡鬧之意。

「總是靠得不夠近的那位。」

「他才沒有那麼細心。」嚴新知道張正煦在挖苦什麼，白眼以對：「是我自己觀察的。」

「所以？」

「要不要跟隨便你。」

張正煦咕噥一聲做為回應，但心裡沒有別的答案。

他們在十分站下車。不過兩站之遙，頭頂已經烏雲密布。

「沒有太陽就沒有彩虹。」張正煦望著天空擔憂地說。

「您真是渾然天成的哲學家。」

「我現在才想到，那個隧道是給火車走的吧——」

張正煦還沒說完，嚴新已經越過軌道邊「禁止行人通行，違者罰款」的標誌，步伐踏上鬆動的道碴，發出細碎擠壓聲。

「列車剛過，至少半小時內不會再有車經過。」嚴新淡然地說。

兩人安靜地走了一段路。遊人笑語在林間忽遠忽近。軌道默默散發餘溫。接近十分瀑布的制高點時，張正煦不禁駐足，欣賞基隆河水傾瀉而下所激起的滂沱水霧。

「沒有太陽就沒有彩虹。」嚴新催促他繼續前行：「想要淋溼還是被撞死？」

「什麼？」

草叢裡像是有什麼在爬行，道碴也不安起來。張正煦原本以為是列車，結果一股蒸騰的潮溼氣味撲鼻而來，抬頭看烏雲的銳利邊緣開始模糊，天色又降一階，才發現那不是爬行，是墜落。

「跑呀——」嚴新大叫，拔起腳步向隧道奔去。

大雨同時落下。

兩人衝進隧道後，又跑了幾步，才算完全脫離狂暴風雨。溢流雨水在腳下蔓延，他們喘息著，眼見日光逐漸消逝在雨幕之後。

「這下不只淋溼，還極有可能被撞死。」張正煦說。

嚴新帶著惋惜望向洞口：「肯定有那麼幾秒鐘，彩虹出現過。」

「好吧。」張正煦覺得這樣也挺好，甚至比預期中要好。

他們在隧道中段一處稍高的石堆並肩坐下。隧道內暑氣完全退去，冷暖交錯的氣流升起，竟帶來一股寒意。張正煦挪動身體，試著為嚴新阻擋冷風，並在合理的觸碰範圍內，靠著她的身體。

依著微光，張正煦小心翼翼地偷瞄嚴新的側臉。還有幾滴雨水尚未抹去，髮絲糾結成線條，順著臉頰勾引目光。張正煦發現嚴新身上的香氣不再強烈，取而代之的是因體溫而昇華的微小體味。

「欸大叔，」嚴新打破沉默：「你有談過戀愛嗎？」

張正煦心裡感到一絲震動。先前他有意識地迴避談到感情，因為不想在時機成熟前，說了什麼不該說的，搞砸兩人關係。現在，在這個奇異又微妙的時刻，嚴新竟率先認可這個話題。是否同意更進一步？他隱約感覺到一項無法名狀的事物，使得這個直率問題，動機卻很曖昧——律師的直覺告訴他，絕非欣喜的時刻。

「沒有。妳呢？」

「沒有。可是沒有談過戀愛，怎麼會知道自己是不是在戀愛？」嚴新繼續問。

「如果對方告白，就可以算了吧。」張正煦顯然不是新潮一派。

「認真說我喜歡你這樣就算告白了嗎？還需要什麼條件呢？」

「妳也喜歡他。」

「這件事又怎麼肯定呢？我怎麼知道自己是不是真的喜歡某人？」

「喜歡的時候，肯定就不會問這個問題了吧。」

「你有遇過喜歡的人嗎？」

很多次，張正煦心裡想，但奇怪的是，如果照實回答，答案卻變得不誠懇。喜歡是一件容易的事嗎？如果是，那麼要怎麼讓對方感受到絕無僅有的特別？如果不特別，喜歡誰不就都一樣了嗎？也就是說又回到原本的問題，你怎麼能確認自己喜歡某個人呢？

問句中帶有定義不明的概念，最好是不正面回答。他點點頭當做回應。我有遇過喜歡的人。

「那是什麼感覺？」嚴新接著問。

她是在確認對自己的心意嗎？如果答案不能對應她的感受，那我還有機會嗎？可是她既然問了，就表示有一點動心吧？張正煦雜亂地想著，喜歡是什麼感覺？就像我對妳呀。能夠接近一點點就狂喜，稍微感覺排拒就狂悲。明明知道做著蠢事，卻又無比積極。懂得思念是自己的事，卻總想讓妳知道。

張正煦看著嚴新。她的肩帶從半溼的T恤中浮現，線條消失在胸前，但不需要指引，張正煦也能想像包覆在其中的豐滿與溫熱。

喜歡是什麼感覺？就是想抱住妳，嘗遍妳的味道，吞吐妳的氣息，用所有可能的方式，陷在妳的身體裡，直到世界不再清晰，直到自己的模樣被摧毀。

喜歡是什麼感覺？就是不論結果，也要告訴妳我的心意。或許就是現在，我靠著妳的這一刻，我要跟妳說，我很喜歡妳。

是嗎？該是現在嗎？她在意的真的是我嗎？為什麼我不能肯定？醜陋又平庸的我，連自己都難以忍受。她憑什麼喜歡我？

或許，她其實想著別人？

張正煦沒能說服自己，世界重回現實狀態。一個為了填補空白脫口而出的問題：「那個攝影展，妳會邀請我嗎？」

「好啊。」嚴新爽快答應。她迅速切換的無所謂，讓張正煦又一次無端沮喪。這種沮喪已經過於頻繁，讓他被迫適應每次小小的刺痛。

突然間，鐵軌震動起來。尖銳汽笛聲穿過重重水霧，在隧道內碰撞迴響。

「淋溼還是被撞死？」嚴新再度浮現狡黠笑容。

「怕是被撞個半死，還要罰錢——」

嚴新拉起張正煦的手就跑。兩人朝向大華車站那端飛奔。列車頭燈筆直穿越，拉長他們揮舞示警的雙手。

狂奔之中，嚴新大笑起來。張正煦也是。

張正煦沒有絕望。他握著嚴新的手，闖進大雨滂沱的世界，興奮地想著開學以後，再去哪裡走走。先問好小考、段考還有模擬考的時程，也是能找到空檔吧。告白什麼的，或許挑個連續假日……。

他們繼續跑著。

只要手握著，張正煦可以一路跑回臺北。

他當時還不知道，這一切就是最後了。

他本來就沒有機會。

＊　＊　＊

嚴新在很小的時候，常常問父親「新」是什麼意思。父親說新就是新的意思，她卻不滿意，繼續追問新的是什麼意思？父親接著會說，新就是沒有人看過，沒有人聽過，沒有人擁有過的意思。嚴新還是不滿意。父親就會抱起她，說新是舊的相反，是值得期待，是變得更好。

那我什麼時候會變成舊的？

父親哈哈大笑，然後把她舉到空中說，妳才不會，妳永遠是新的。所有人都會喜歡妳。

父親的話很準確。嚴新自有印象以來，就一直是眾人關注的焦點。沒有人看過像她那樣聰明又漂亮的女孩。從小學到國中，班上總有一半的男生喜歡她，另一半則是暗戀她，就連隔壁前後兩班也都維持如此比例。受矚目有時候是一種壓力，有時候卻也方便。只要她願意耍耍手段，辛苦的事有人代勞，委屈的時候有人為她出頭，就連做壞事都不缺掩護。反正不管她再怎麼不按常理，男生還是甘於被她使喚。

她不至於嘲弄好意，只是不懂得如何拒絕禮物。收到卡片，她會當天就扔掉。巧克力則與朋友分享。只有最鍾愛的樂團周邊產品，才會珍惜收著。像是月之海（LUNA SEA）、X JAPAN與彩虹樂團（L'Arc～en～Ciel），又或者是電臺司令（Radiohead）、破碎南瓜（Smashing Pumpkins）與小紅莓合唱團（The Cranberries）。她是從廣播節目中，點滴養成了音樂喜好。這些另類搖滾，極少能在羅東鎮上取得，對國中生而言非常珍貴。即使好幾次都收到同一張CD或海報，她也不覺得麻煩，還會露出一抹微笑，做為無價的回饋。

當一切過於理所當然，無論如何她都不會覺得自己特別。好在比起同齡女孩，她更快從浮濫的好意中，看出男孩的愚蠢。所以即便她對愛情有憧憬，那些癡心的傢伙也絕對沒有任何機會。

由於學業出色，在老師的建議下，家人安排她報考臺北高中聯招。果然她也不負眾望。進入北一女就讀後，她借住在景美的姨婆家。雖然彼此熟悉，但寄人籬下總是難以自在。上學、補習填滿生活，成了另一種逃脫藉口。因為沒有隨身聽，也沒有專屬自己的音響，回到房間只剩小收音機陪伴。

她想過加入熱音社團，但發覺不過都是些似懂非懂的傢伙，而且自己其實只是喜歡聽音樂而已。她後來決定加入攝影社。攝影是習自母親的興趣。在湯老師送她單眼相機之前，她用的是富士牌傻瓜相機。即使粗陋，相較於另類搖滾，她喜歡攝影的安靜。音樂是她一個人的事，攝影也是。沒有人說過她矛盾又衝突，因為一直以來就是這樣。

雖然是女校，但追求者沒有少過。社團和聯誼擴大了交友圈，卻沒改變她對愛情的看法。相差十歲是最好的距離，要會唱歌懂搖滾，還要幽默風趣不花心。她沒有把自己看做公主或女王，但對浪漫還是有所想像。要高大帥氣，要結實健康，要打不還口罵不還手，要把自己當做唯一。

為了預備高三衝刺，今年暑假她必須提前熟悉高二課程。補習班成了生活重心。湯老師的特別關照，讓她這個異地遊子心懷感激。英文本來就是她重點培養的強項，在湯老師的課堂上更是受益良多。時間金錢與精神都花在這裡了，沒有理由拒絕更多精進的機會。況且能與湯老師這樣談吐不凡，外型又出眾的老師單獨相處，多少讓她感到飄飄然。

面對湯老師不求回報的熱忱，還有點滴溫暖的關心，她有時候會真的把他當朋友了，更好一點的那種。只是和以往都不一樣，這個朋友很懂她。所以老師的一切，她都欣然接受，希望能符合老師的期待，讓自己變得更好。不然真的就辜負與失禮了。

除此之外，生活上最大的變化，還是那個長相奇怪，個性彆扭到有點惱人的張正煦。

當初在火車上相遇的時候，嚴新只覺得他傻得好笑。和他再約只是因為父執輩認識的關係，預期之後可以利用他做為掩護或藉口。張正煦除了笨拙，似乎還被一種罪惡感所控制，總是小心翼翼又委曲求全。和她想像中的律師完全不一樣。不過反面想起來，那也挺真誠的。就連裝模作樣都捉襟見肘，不會是什麼壞人。

張正煦最大的問題是非常無趣。除了工作，做人沒有重點。似乎只要這世界還存在有法律，他就可以安心度日。不懂攝影，更不懂約會，就連音樂品味都很糟糕。

隧道探險那次，他倆最終溼淋淋地抵達大華車站。雨停了，天也暗了。附近商家像是為了省電，一個接一個拉上鐵捲門，只留車站做為夜燈。張正煦說至少小命還在。她卻說早知道就跟著社團。在等待末班車的那半小時裡，兩人又吵了起來。

嚴新主張 Michael Jackson 是流行音樂，不夠開創，也不夠搖滾。

張正煦則回說，不是亂吼亂叫、毫無旋律的東西，就是先鋒。他舉 TLC 當例子，節奏藍調加上嘻哈元素，開創流行樂新局。琅琅上口與藝術成就並不衝突。重點是概念，還有精神。

嚴新哈哈大笑說，會聽新好男孩（Backstreet Boys）和男孩特區（Boyzone）的人，沒有資格評論別人的音樂認同。月之海與彩虹樂團才沒有亂叫，電臺司令和破碎南瓜是音樂的未來可能與力量。

張正煦最後承認，嚴新的歌單，有九成他沒聽過。

嚴新搖搖頭，給他一個尷尬但不失禮貌的微笑。心裡暗自決定，回羅東以後要把全部珍藏重聽一遍，以防自己被這個笨蛋同化。

結果隔天嚴新就感冒了。開學前最後一個週末，她病懨懨地坐車回羅東，一路上都在埋怨張正煦，那天沒替她想辦法避免著涼，連個熱的都不懂得買。

短短週末兩天，她大部分時間都躺在床上休息，音樂只放了一首就暫停。因為她發現，當心裡想著張正煦的時候，X JAPAN 過於粗啞，小紅莓過於尖銳，電臺司令過於絕望。她扭開廣播，轉到 ICRT，竟然是 Michael Jackson 的〈You Are Not Alone〉。

這樣流行的東西，軟軟的，甜甜的，好像也挺好。

嚴新躺回床上，決定傳簡訊問張正煦今天在幹嘛。

＊＊＊

「實習結束有什麼打算？」

張正煦在卷宗堆中抬起頭，思緒還沒從想像競合與數罪併罰的理論中脫困，下意識地問：「什麼？」

前輩在螢幕後發出問句，聽起來還一邊在打字：「你剩一個月吧？實習完有什麼打算？」

「打算？」

「你該不會以為一定可以留下來吧？」前輩的打字聲稍停，又繼續疾飛起來：「杜律師已經連續踢走九個實習律師了。我們都在猜你會不會是第十個。」

「你們？」

「是有賭注的喔！我很看好你……成為第十個。」前輩從螢幕後探出頭，賊賊地笑：「別讓我失望。」

張正煦這才清醒過來。他完全沒想過這件事。回想將近四個月的實習過程，不僅沒什麼突出表現，好像還常常出錯。如果杜子甄不打算留他，也不是那麼意外的事吧。

上回他執著於湯師承是否說謊一事，杜子甄才疾聲厲色地訓了他一頓。事後回想，自己簡直比大學法律服務社裡，那群剛聽懂無罪推定的大一新生還不如。童希真雖然沒有直接證據，但權勢關係的認定對湯師承十分不利。案情膠著的情況下，那名學生證人便是關鍵。也難怪杜子甄毫不留情地將他溫文的策略甩進垃圾桶。

張正煦明白杜子甄要彈劾證人，不讓她出庭作證，但實際上該怎麼做，他一點概念也沒有。從法制面下手？今年三月修法將權勢性交的要件放寬，對老師的形勢只有更加險峻。或是從事實面？我方一直堅持著自由戀愛關係，而且補習班又沒有升學甄試的生殺大權，雙方應該不符合權勢關係。但童希真未成年，好像也說不過去……。

想到這裡，張正煦意識到一件弔詭的事情。嚴新不也未成年？他倆之間，存在權勢的問題嗎？應該沒有吧。又不是師生關係，自己也非常尊重嚴新的意願，什麼踰矩的事都沒有做。不過，湯師承也是這樣認為的嗎？如果童希真確實心智成熟、兩情相悅，那處罰老師的理由在哪裡？

張正煦腦袋打結，沒有答案。他感覺自己一事無成。有著杜子甄這麼優秀的指導律師，卻浪費了大半實習時間在幼稚的執念上。不論杜子甄最後是否留他，張正煦決定剩下的一個月，他必須做得更好。

＊＊＊

三名法官魚貫進入法庭。

法警高呼起立口號。

偌大的旁聽席裡只有張正煦一人。他還未取得正式律師資格，只能以旁聽身分參與審理。他坐在法庭左側，與辯護人席僅相隔一道腰牆。湯師承則在庭上與杜子甄並肩而坐，兩人看來平靜，對於一切了然於胸。

對面的檢察官外型清瘦，年紀不超過四十。雖然繃著臉，但沒有與警察打交道養成的粗鄙氣質，反而帶著書卷氣。有點像是唱詩班低音部角落的成員，雖然站在最不顯眼的位置，但你總會望向他，因為他對自己的專業極度從容，而且散發一股難耐的傲氣。

眾人隨法警口號起立。待法官依序坐下後，法警才又高喊請坐。

審判長是一名年紀稍長的男性，頭髮茂盛而灰白。由於厚重眼鏡造成的光學變形，幾乎無法確認他視線方向。在他左右兩側的受命與陪席法官則都是女性，年紀相仿，約莫四十五歲。

「本件八十八年度北侵訴字第三一六號案件，依性侵害犯罪防治法規定，應行不公開審理。」審判長的聲音渾厚威嚴，開始簡單交代程序事項：「今天告訴人到庭聽審，我們依法安排她到祕密證人室，與被告做適當隔離。」

祕密證人室位於法庭左側，也就是靠近辯方那側，以便指認被告。張正煦看向反射著整個法庭的單面鏡，想像童希真坐在裡面的模樣。

「今日審理程序，行交互詰問。」審判長翻閱起卷宗：「到庭證人的待證事實是——」

「庭上，我們認為沒有傳訊這名證人的必要。」杜子甄起身發言。

三位法官與檢察官都很訝異。這名證人的詰問程序是早就排定的事情。

「理由？」審判長問。

「被告承認權勢關係存在。」杜子甄答。

承認權勢關係存在？張正煦思索著，然後恍然大悟。如果證人是為了證明權勢關係而來，那麼辯方只要承認權勢關係存在，當然就再也沒有詰問的必要。這個策略看似大膽，實際上毫無風險可言。既然補習班師生本來就帶有權勢的本質，還不如自己先承認……因為有權勢是一回事，是否利用權勢達成性交目的又是另一回事。後者才是定罪關鍵。

以退為進，這就是杜子甄的盤算：如果讓外型可愛、楚楚可憐的學生出庭作證，描述老師如何在學習過程中對她們施加無形壓力，法官的心證肯定會受到嚴重影響——對湯師承的傷害更大。

張正煦終於明白杜子甄的價值所在。

「檢座，你的意見呢？」審判長照例詢問。

檢察官堅持原本說法：「證人可以說明被告與學生的相處狀況，進而了解他是如何運用權勢，使被害人和他發生關係。當然有傳訊必要。」

「他們發生關係時，證人並沒有在場目擊。要怎麼證明性交當下並非你情我願？」杜子甄迅速回應。

「有沒有問了就知道，杜大律師，妳在怕什麼？」

「庭上，這個案件事關被告名譽。身為一名老師，那等於是他的生命，我們應該非常小心避免各種偏見。依照權勢性交的構成要件，權勢關係與曲意順從完全是兩件事——」

「但是曲意順從必須以權勢關係為前提。」檢察官點破杜子甄的話術。

「而我們已經承認有權勢關係了，還有什麼好問？」

「妳這是詭辯。」

杜子甄轉向審判長，鏗鏘有力地反擊：「庭上，檢方想利用這名證人包裹、偷渡，對權勢、曲意這種抽象概念的想像。他的目的其實根本不是為了證明權勢關係，而是在利用、消費證人，試圖在我們面前展演一種成人電影的畫面。」

「所謂的權力不是一個人能夠做什麼，而是他能讓別人做什麼。」檢察官不甘示弱：「權力的作用不是只發生在性交當下而已。」

「究竟什麼是曲意順從？檢座可以說明一下嗎？」

檢察官明顯有了火氣，抬高分貝說：「杜大律師，注意妳的態度。」

「老師要學生寫作業，學生不想寫還是得寫，是曲意順從嗎？那全天下的老師不都犯罪了嗎？」杜子甄直面檢察官：「你能確定老婆每個晚上跟你做愛，都沒有曲意順從嗎？」

「妳再說一次！」檢察官再也忍不住，大聲斥責。

審判長帶著慍意，嚴厲地說：「杜律師。請妳放尊重一點，這裡是法庭。」

杜子甄對於眼前波瀾毫無懼色。她拿出一份剪報，高舉過肩：「師大教授黎建寰在五年前被女學生指控性侵，也就是知名的師大七匹狼事件。後來地檢署因為罪證不足，予以不起訴處分[11]。而黎教授的配偶接著對該女學生提出通姦告訴。」

張正煦知道杜子甄接著要說什麼。她談起「通姦罪」的用意非常明顯，便是在暗示童希真與老師有染。此為自由戀愛關係下的必然推論，也是此類案件的「辯護籌碼」。師大七匹狼事

11 臺灣臺北地方法院檢察署八十三年度偵字第一六七八八號、八十三年度偵續字第三八五號不起訴處分書。

件除了貼合本案事實外，更是近期經典案例——法院見解雖然頗具爭議，但絕對有力。

張正煦望向單面鏡，看著鏡中反射的杜子甄身影，又看向無聲低頭的湯師承。單面鏡後方極其安靜。童希真在想什麼？她聽得懂這些辯論嗎？她是怎麼看待我們的？

張正煦最後望向鏡中的自己。

杜子甄繼續陳述：「終審法院認定女學生因為愛慕黎教授而與之發生姦情，最終判決通姦有罪定讞。請容我引述高等法院的判決理由。[12]」杜子甄放下剪報，背誦如流：「被告雖為被動，但於得為抗拒而不抗拒，任其發生，以貞操於女性之重要性，應認為符合其意願，而均該當刑法通姦罪。」

「妳想說什麼？」檢察官冷冷地問。

「貞操對於女性而言多麼重要。有反抗的機會卻不反抗，難道不值得懷疑嗎？難道不能說是自願的嗎？」杜子甄狠狠地下結論：「老師和學生談戀愛沒有錯，並不是權勢性交，但是和有婦之夫通姦——」

「杜律師！妳在恐嚇告訴人嗎？」檢察官嚴厲打斷杜子甄的雄辯。

「這是通姦罪！」杜子甄反嗆回去。

「好了！兩邊都少說兩句。」審判長高聲喝止雙方，臉色凝重：「本庭自有判斷。」

張正煦崇敬地看著杜子甄緩緩走回辯護人席，臉上帶著不容質疑的凜然意氣，彷彿早已預知審判長的最終決定：駁回調查證人之聲請。

檢方唯一的證人被彈劾。

這不只是杜子甄個人的勝利。

童希真案已經沒有懸念。

＊　＊　＊

一九九九年九月十八日是禮拜六。嚴新十六歲又一天。湯師承永遠記得那天午後，嚴新仔細剝開巧克力球包裝的靈動手指。她深怕錫箔紙破裂，仔細地從層疊處拉出邊緣，再輕輕展開。

他問為什麼？

12　臺灣臺北地方法院八十四年度易字第七三九四號刑事判決。（後經臺灣高等法院八十六年度上易字第九九六號刑事判決駁回上訴確定。）

嚴新的眼神像是在說，還有什麼為什麼？

那是湯師承花了一整個晚上準備的禮物。整袋購入的小巧克力球，有各式球類包裝，足球、排球、網球還有籃球。他知道嚴新喜歡打籃球，所以將籃球的全數挑出，放進可愛小紙袋裡。不是貴重的東西，一切都小小的，在嚴新的粉色指尖轉動，在鼓動的臉頰內融化。

只要找到對的方法，任何人都能在瞬間變成孩子。

湯師承熟知此道，因為他也是一個孩子。他需要獎勵，需要證明自己值得被愛，而且有人深愛著他。當整班學生渴求的眼神不足以平息焦慮時，他終於確認一直以來茫然索求的不是才識受肯定，而是慾望被包容。

沒有人該為慾望道歉。慾望不髒，慾望其實很痛。

整個過程，湯師承都很溫柔。這是他的本分。

只要車子開進車庫，門確實關上後，事情就非常簡單。

嚴新曾懷疑過為什麼老師請司機在半路下車，然後邀請她坐進副駕駛座。不過，籃球巧克力讓她開始忙碌，天井的想像使她停止懷疑。即使門口寫著汽車旅館，那也可能是一次驚喜。

米白色壁紙花紋典雅，淺木色系的裝潢簡單俐落，寢具則一律素白，打開衣櫥甚至還有淡淡的甲醛味道。一切就像是新的。必須是新的。湯師承想，就像她的名字。沒有女孩應該忍受俗麗的獻身。最鮮紅的蘋果，就必須用白雪襯托。這是集體潛意識。是她們由內而外接受的真理。

至於採光明暗，則是她們坦然接受命運的最後默示條件。日光是最好的掩護。拉上窗簾時不能蓋實，為滿室陰暗留下一道逸脫曙光，讓她們可以順著逆光的灰塵，想像自己沐浴在聖潔之中，即使退去一切，仍不被完全看穿，保守形而上的絕對領域。

最後，就是要讓她們自己決定。

自由意志是最棒的錯覺。藍鬍子的祕密在鎖孔，而非鑰匙。要獲得生命真相，鑰匙就必須沾染血汙。決定插入的是妳，不是我。所以湯師承會說：「如果妳害怕，我們隨時可以停。」說完以後，他只要在黑暗之中等待，欣賞受自由煎熬的意志，驅動故事下一個篇章。

嚴新在發抖。她需要解釋，那股熱潮所為何來？害怕或興奮以外，是否有第三種可能？如果這件事有步驟，突破速度是什麼單位？喜歡或愛，能否獲得相同結論？世界一旦打開，自己還屬於自己嗎？老師沒有回答，卻在她的底下發出巨大聲響。所有的訴說，都是為了維持神祕。推開是迎合的前奏，呻吟無需張嘴，配合就是最好的學習。老師展開結實臂膀，由上而下環繞，不知是稱讚還是指導，在她耳邊說：「就像跳舞！」

所以嚴新環抱住老師，嘴唇按照節奏，腰腹維持頻率。然後她閉上眼睛，因為一切必須體面，而自己不用看見。

當一切膨脹至堅實，張弛的意識不再有擴展空間。嚴新任憑霹靂爆炸開創宇宙，顫動的末端向未知舒張。無止盡的塌陷是混沌的結果，肢體重回初生模樣，摩擦著純棉白色被褥，發出輕嘆氣息。

＊＊＊

嚴新在翻找。

她一手護住半敞開的綠色制服，另一手則忙著鋪開棉被皺褶，撫平床單糾結。就像剝開巧克力球的錫箔包裝一樣，那麼仔細，又那麼偏執。加大雙人床過於寬闊。她焦急地壓低身體，伸長手臂，一吋一吋地探索。

她在翻找著什麼。

湯師承輕輕按住她的手。

「小新，你聽過青蛙王子的故事嗎？」湯師承收起稍前的急切，變回那個辦公室裡細心解說文法的老師：「心理學家認為，童話故事能夠在潛意識中，處理成長過程中，那些我們不了解的慾望和恐懼……青蛙王子，其實是女孩子性探索的故事。」

嚴新停下翻找的動作，露出不甚明白的微笑。湯師承知道其中有尷尬，但更多是焦慮。話術不講求合理，重點是聽者需要，所以他們什麼都會接受。

「睡美人的故事裡也出現過青蛙，妳知道青蛙代表什麼嗎？」湯師承露出狡黠的迷人微笑：「溼溼黏黏……受到刺激時會鼓脹起來。牠希望睡在公主床上，得到公主親吻……好像很噁心，可是妳記得故事結局嗎？公主讓青蛙上了床，親了牠，還和牠一起睡。這是他們之間的契約，公主信守承諾，王子就會為她現身。妳不覺得童話故事很美嗎？」

嚴新聽出青蛙的隱喻，不知作何表情，脫口就回：「哪有你這麼老的王子。」

湯師承眼神的光彩黯淡下來。他不是真的受傷，而是必須讓嚴新知道，他並不堅強。這是愛情成立的方式：成為對方的唯一。從這個時間點開始，他的醜陋專屬嚴新，懦弱也是；反之，嚴新的情慾專屬於他，罪惡感也是。

「對不起。」嚴新發覺自己過於冒犯傷人。

「不要說對不起，是老師配不上妳。」

嚴新望向湯師承，看見慚愧和不堪：「老師，你害怕嗎？」

湯師承不知問題所為何來，反應慢半拍，看起來就像謊言被戳破的孩子那般脆弱。所以嚴新勇敢起來。她伸出手，輕輕化開湯師承臉上沉重的線條，堅定地說：「不要怕。」

湯師承還沒從表演中退出，心裡卻驚駭地意識到一件事。嚴新比他想像得更加遼闊。他就像橫征暴斂的殖民者，在如詩的原始大地上，卑賤地像隻螻蟻。他的心狠狠刺痛著。因為就連他自己，也未曾相信這般救贖。

他笨拙地退到床邊，不知該如何回應。

嚴新靦腆地揉揉鼻子，習慣性地將右側鬢髮順至耳後，低下頭，又開始在床上翻找。偏執地、急切地。

湯師承突然上前，抓住嚴新的手，緩緩將一顆制服的鈕釦放進她的掌心。他從頭到尾都知道嚴新在找什麼——剛剛在猛扯之中掉落的鈕釦，始終在他手上。他只是很享受看著她脆弱地護著胸口，捍衛毫無意義的矜持——穿好衣服對她而言真的那麼重要。

然而，在這個當下，原本略帶惡意的樂趣，已經失卻立場。

因為湯師承第一次興奮地害怕，害怕地顫抖。

因為他第一次，覺得自己可能真的會愛上她。

第三章 黑暗覺醒

二〇一九年（5）

即使很多年沒有辦過性侵案，張正煦絕對不會忘記杜律師那套「標準作業流程」。早在郭詩羽收到少年法庭傳票前，他就已經準備好這天的到來。雖然「通姦」兩字讓老郭一度眼眶泛紅，但經過張正煦的分析後，老郭即便不理解還是選擇相信。

按《少年事件處理法》規定，少年有觸犯刑罰法律之行為者，由少年法院處理。其主要目的在保障少年健全之自我成長。為減少權威、對抗的氛圍，少年法庭的席位配置與一般法院不同，採圓桌式審理。法官、被告以及其他相關人士，平等圍桌而坐，透過商議方式共同解決問題。

郭詩羽依舊安靜沉默。即使以被告身分第一次進入法庭，她只是默默地跟著張正煦，在法官對面坐下。她也選擇了相信。

承辦女法官眼神雖然銳利，但說話態度並未咄咄逼人：「郭詩羽，本院接獲刑事告訴，稱妳涉犯通姦罪。因為妳尚未成年，所以被移送到少年法庭。今天我們會針對這件事情做調查。」

郭詩羽點點頭，幾乎聽不見她應答。

張正煦率先表示意見：「庭上，詩羽是性侵案被害人。我們還在收集證據，已經準備提出刑事告訴。」

「輔佐人，本庭也是依法啟動程序，我會小心處理。」[1]

「庭上，對性侵被害人提出通姦告訴，再對配偶撤回的手法，不是很明顯了嗎？這種道德法西斯的惡法本來就不應該存在。」張正煦直接點出問題。

《刑事訴訟法》第二三九條是所謂的「主觀之告訴不可分原則」：對於共犯中任一人提出告訴（或撤回告訴），效力及於全體共犯。其主要目的在於便利犯罪偵審以及追訴的公平性。該原則的唯一例外是通姦罪。立法者為顧及婚姻關係之維持，特別設下但書規定，對配偶撤回通姦告訴時，其效力不及於相姦人（即所謂小三或小王）。舉例而言，若丈夫發生通姦

---

1 按《少年事件處理法》規定，少年被告選任之律師不稱辯護人，而稱輔佐人。

情事，妻子對小三提出刑事告訴，雖然會連帶使丈夫成為被告，但可以事後單獨對丈夫撤回告訴。

原本立意良善、一體適用的法律，在實際操作上卻因為性別處境差異，產生不公平情形。因為女性較多礙於經濟能力、社會地位或保守價值，選擇顧全家庭、原諒男性，而出現許多「騙財騙色」或「女人為難女人」之畸形結果，甚至為性侵加害人所利用，慫恿配偶向被害人提出通姦告訴後，再對自己撤回，製造你情我願的通姦假象，為性侵行為開脫，而使原本就因為貞潔觀點而承受巨大壓力之被害人處境雪上加霜，成為張正煦口中的「惡法」。

「郭詩羽是未成年人，是性侵被害人，整起事件和通姦毫無關係，不應該成立通姦罪。」張正煦簡單下結論。

法官理解這個素來已久的法制問題，沒有要刁難的意思，但該走的程序還是要走，正準備往下進行時，傳來敲門聲。

庭務員拿著一份公文走進來，在法官耳邊說了幾句話後退開。

法官閱讀後，臉色轉變，將公文遞給張正煦：「張律師，律師公會來函，說您對本案有利益衝突的問題，建議本庭禁止您擔任本案輔佐人。請問這是怎麼回事？」

律師公會？這種事前舉報會員違反律師倫理之情形可以說是聞所未聞。張正煦毫無頭緒。

他快速瀏覽公文，發現內容非常簡要，並未具體說明「利益衝突」之原因，只提及公會已經介入調查，顯然沒有太大說服力……直到最後看見發文者署名，他才了解這份公文的真正用意。

律師公會理事長　杜子甄

事情的發展非常合理，不能說意外，但張正煦確實沒料到這招。

法官為求謹慎，避免影響郭詩羽的權利，希望張正煦在釐清利益衝突的狀況以前，自行卸下輔佐人職務。張正煦則堅持自己並沒有問題，況且眼下沒有其他人選可以接替。

法官轉而關心郭詩羽的想法。她搖搖頭，無法確定是不理解還是不在乎，或是拒絕回答。

法官決定詢問老郭的意見。書記官到庭外請老郭入庭，卻發現他不知去向。張正煦回想起方才老郭的眼神，腦海浮現簡云說過的替代性創傷。或許通姦對他而言，比想像中還要銳利。

法官只好再問郭詩羽，還願意張律師當妳的輔佐人嗎？郭詩羽這次連頭都沒搖。

張正煦能理解。她還可以相信誰呢？

法官最後只好宣告擇期再開，並囑咐郭詩羽好好思考輔佐人選。

＊　＊　＊

走出法庭，天色已暗，走廊上冷冷清清。張正煦陪郭詩羽坐在庭外等待。十五分鐘過去，老郭既沒接電話，也沒有出現。

張正煦猶豫該如何解釋那份律師公會公文，但最終決定保留。郭詩羽不可能懂，所以直接說結論就好：「妳相信我，我們之間沒有利益衝突。只要妳願意，我絕對可以當妳的律師。」

郭詩羽點點頭。

「我帶妳回家吧。」張正煦說。

坐上車後，張正煦發動引擎，轉頭確認郭詩羽扣上安全帶，卻看見她眼裡淚光，在晦暗的街燈下那麼混濁。

「張叔叔，如果，我是真的在和老師談戀愛，通姦罪會成立嗎？」郭詩羽微弱地問。

「你們不是在談戀愛。」

「我有寫信給他，還有歌詞，也會傳訊息……。」

張正煦明白，這些都會成為通姦罪的證據。湯師承未來也一定會拿來做為否認性侵的理由。這不是預見，而是正在發生的事實，因為對方是杜子甄。

郭詩羽在動搖，她如果心意不決，會非常危險。張正煦必須讓郭詩羽和自己站在一起。

「妳喜歡他什麼？」張正煦問：「他是一個很厲害的老師，幽默、風趣，也很迷人。妳會崇拜他很正常。可是，妳沒有想過和他發生關係，對嗎？」

郭詩羽沒有回應，只是低著頭看自己的膝蓋。

「妳喜歡他什麼？」張正煦又問一次：「他說的童話故事，妳覺得合理嗎？現在想起來很難相信吧？但妳接受了，為什麼？因為妳必須接受，妳需要給自己一個理由。」

「為什麼？」

「因為他侵犯妳，妳很痛苦。如果可以解釋成戀愛，自己會好過一點。我處理過很多性侵案，相信我，這是很普遍的心理現象。」

「妳怎麼知道？或許我是真的喜歡他？我有時候很想他……。」

「我說妳不是了！」張正煦無來由地憤怒。還想著他？湯師承究竟有什麼魅力？讓這些女孩子像著魔一樣？他憑什麼插旗這些稚嫩沃土，壓制這些鼓動的臟器，賞玩這些連哭號都悅耳的生命？究竟憑什麼？

郭詩羽眼裡不再有淚光閃動。她用手搓搓鼻子，然後將右側鬢髮順至耳後，漸漸回復原本的沉默狀態。

在某個瞬間，張正煦發覺她好像嚴新。短髮尾端收起的角度，將視線帶向白皙後頸，再往下一點，是隱沒在領口的鎖骨線條，然後是豐滿的胸脯。

張正煦想問她，你們第一次的時候，他究竟說了什麼話？妳為什麼答應走進那房間？他是怎麼做的？制服鈕釦一顆又一顆解開的時候，百褶裙退去的時候，還有拉開白色胸罩的時候，將妳雙腿撐開的時候，他是怎麼做的？除了害怕，妳會痛嗎？還是……

妳有想起我嗎？

引擎默默低鳴，空調吹送著冷硬氣流。郭詩羽的體香不知什麼時候充斥整個車內，像是對張正煦的極端理性提出控訴，大膽撩撥他幾乎耗盡生命才遺忘的那個夢魘。

張正煦不安難耐。因為他意外受挫，因為他瘋狂思念，因為他永遠無法得償所願。有一股衝動，他想伸手觸碰郭詩羽的柔軟體溫，感受她不可見的顫抖，獲得與湯師承同等分量的肯定，但張正煦只聽見自己乾巴巴的聲音說：「我們會贏，妳要堅持下去。」

一九九九年（5）

張正煦盯著北一女校門，不知何處而來一股怒氣。那四根黑色大理石貼皮的門柱，醜陋地吸收著日光。廉價的塑料黑底牌匾上，散落毫無排版美感的中英校名。一群綠衣黑裙的學生自底下出現，好似完全不曾質疑地欣然穿過。

嚴新就在其中。

張正煦感覺她看見自己。

不過因為距離遠，嚴新又馬上轉頭與身邊同學繼續對話，因此張正煦其實不很肯定。他站在司法院外的行道樹下無處可躲，心裡開始懊悔。

嚴新已經很多天沒有回覆簡訊。最後一次是張正煦問她生日有無計畫？她簡短回應：「那天是禮拜五，晚上有課，隔天再約。」

張正煦為此做足準備。他按同事建議，到北門附近的相機街，精心挑選一個輕巧但結實的腳架。除了用可愛包裝紙細心包裝，還加上一封手寫信。雖然平時撰狀訓練的文筆並不算差，但他窘迫地意識到自己並不在行抒情體。「生日快樂希望妳會喜歡這個禮物」已經是極限，但手寫墨跡仍傳達著不可取代的溫度。

禮拜六當天，張正煦天還沒亮就進事務所加班，因為有些事情必須處理，而他不能冒著耽誤約會的風險。時間接近中午，他開始焦慮，因為嚴新那端一點消息也沒有。公事忙完後，他坐在辦公桌前，思考應該回家等或者？沒有或者，他並不知道嚴新住哪裡，不認識她的朋友，也不清楚除了補習班以外，她還可能去哪？

他撥了好幾通電話都沒人接。接近傍晚，他開始擔心嚴新的安危，決定去北一女碰碰運氣，問問校警有無看到這名學生，或是攝影社有什麼活動？還是她和團長出去了？

手機簡訊聲打斷他的思緒。

改天約。

張正煦趕緊回撥電話，依舊沒有人接。他不願狼狽地展示憤怒，只能弱弱地回傳訊息：

「妳還好嗎？」

手機再無回音。張正煦拒絕像個弱者般再打電話或傳簡訊，就這麼望著手機直至午夜。冷清的辦公室裡，只剩禮物和卡片陪伴彼此，最後都被丟進置物櫃裡。張正煦可以想像很多人搶著為她慶生，但不明白回訊息有何困難。他又陷入痛苦的循環矛盾：嚴新沒有義務要回簡訊、如果是朋友至少會稍微在意吧、原來我連稍微需要在意的程度都不是、向她抱怨這件事只會顯得自己愚蠢、什麼都不要說了就這樣吧、或許應該傳個訊息讓她有機會解釋、但她沒有義務要回簡訊……。

回到住處，張正煦躺在黑暗的房間裡，不知道該如何結束這一天。簡訊聲再度響起，四周潛行的蟲類突然安靜，世界從未如此清晰。抱歉今天臨時有事。是期待已久的答覆。張正煦只能痛苦地承認，這比什麼都沒有好。他又可以再一次原諒嚴新。接著盤算起，嚴新什麼時候會邀請他出席攝影展？這是已經說好的約定，應該不能推說忘記。他決定這次絕對不會再主動提醒或暗示。這是最後的底線。

日子一天天過去，別說是邀約，連簡訊都不再。張正煦經歷數次訊息聲響起又落空的折磨，決定今天親自到北一女校門口觀察——用意是什麼張正煦自己也不知道。

嚴新看起來很好。在一個沒有張正煦的世界裡，她自由自在。張正煦狼狽地逃開。他沿著重慶南路向南走，在南海路右轉。十五分鐘的路程，抵達建國中學。我是攝影社的指導老師，他這麼對門口一位白髮蒼蒼的老人說。

他闖進建中紅樓，一陣穿堂風吹過，古意廊道頓時涼爽愜意。隨著一名學生指引，他在地下室社辦布告欄上找到了他執意要的東西。

六校巡迴攝影展　歡迎參觀

手寫的ＰＯＰ字體有些生澀，但時間地點一應俱全。海報左下角的學務處戳章，載明准予刊登日期是一個禮拜前。嚴新明明知道卻沒有說。張正煦確認這不是疏忽，是背叛。他反而釋懷了，想著如果這就是最後，他只需要一張照片來紀念這個夏天。

出發攝影展前，張正煦整理好自己的心情。他在腦海中演練多次，以一個普通朋友的身分欣賞作品，並且絕不提及嚴新的食言，好好說話。如果她願意解釋，自己也會禮貌地傾聽，但絕不再讓她有機會製造任何不切實際的想像。

攝影展位於北一女的至善樓及中正樓的二樓連通走道。數十幀黑白攝影作品沿長廊擺設，八乘十吋的統一規格以米色厚紙板鋪墊，以極簡形式置於畫架中心，右下角十公分見方的白色印刷字條寫著作品名稱及作者姓名，莊嚴而神聖地展現各校攝影菁英的暑期成果。

十月的第一個週六午後，前來捧場的各校學生們以令人舒適的聚散方式，占據展場各處。接待處的學生發著ＤＭ，向幾名新生宣傳社團特色。張正煦沒有看見嚴新，或者團長和其他團員。他循著動線行走，無心關注攝影作品的藝術企圖，只在意作者是不是嚴新。

沒有一張是。

接近展覽末端，一陣男女喧譁聲越加明顯。張正煦望向聲音來源，懸空的心直線下墜。嚴新坐在一對課桌椅上，被好幾名男同學圍繞。她自在擺手，神情愉悅，似乎說了什麼搔中癢處的笑話，引起眾人拍手鼓舞。她的桌前貼著海報，標題是「陪聊」，價格則以十分鐘為單位，原本單價二十元被劃去，改為三十元。

派對正值高潮。張正煦走近，看見團長也是其中一員。嚴新以一種他沒見過的神采，詮釋何謂青春與隨性。他的內心無暇理解眼前狀況，因為必須用盡全力壓制如浪潮襲來的情緒。眼前所有奔放的無謂笑鬧，對他輕撫已久又無人知曉的傷口，是一種全面性的羞辱。

嚴新看見他了。

他確認自己的表情，毫無保留地展現厭惡與憤怒後，轉身離去。

嚴新在校門口追上張正煦。

「你怎麼來了？」

「妳如果不想要我來，可以直說，不用騙我。」張正煦不打算停下，沿著司法院的矮牆快步前進。

「騙你？」

「妳答應過的。」

「我沒有作品參展，你來要幹嘛？」

「沒有作品？」張正煦對於這種似是而非的說詞更加憤怒：「所以妳參加社團只是想要陪坐賺錢而已？」

「陪坐？」嚴新停下腳步，不敢置信地看著張正煦：「聊天和陪坐一樣嗎？」

「不要跟我玩文字遊戲！」張正煦惡狠狠地說：「這和攝影有什麼關係？還以為妳多喜歡攝影？不過就是藉口。」

「什麼的藉口？」

「把自己當成商品，不覺得很糟糕嗎？」

嚴新冷冷地問：「你向客戶收諮詢費可以，我賺社團經費就不行？律師比較偉大，所以你拿的錢比較神聖？」

「如果妳今天不是長得漂亮的北一女學生，還會有人願意花錢跟妳聊天嗎？」

「原來你腦袋裡就只有男女問題，認為我們能交換的只有骯髒的東西。」

「我沒有那個意思。」

「我不懂你是什麼意思。」嚴新甩頭離開。

張正煦怔怔望著她離去的背影。衝突過後的真空讓大腦冷卻下來，他終於體會自己在意的是什麼。嚴新的世界和自己的不一樣，不論是年齡、個性或者需求，他們從未有過交集。就連時間流動的速度都不一樣，承諾的意義當然不可能相同。

＊＊＊

嚴新盯著車窗上漫流的雨痕發呆。臺北愛樂電臺正播著史特拉汶斯基的弦樂四重奏。她自上車以來便保持沉默。湯師承以為她聽不慣這種不規則的節拍和切分效果，稍稍將音量調低。

「下雨的時候，好像世界變小了一點。」嚴新咕噥著。

湯師承沒有回答。他最近經常覺得嚴新不斷在退化。多重含意的話變少，取而代之是對環境與秩序的敏感，以及依賴原始心性的表現方式。在許多文學作品裡，那是蛻變的前階段，是衝突升級的預兆。當人物經歷退化，變得更理解自己的處境時，轉變就要到來。

童希真有過類似反應，也發生在差不多的時期，但很快就恢復，隨之帶來一段驚人的反彈——充沛活力與魔性衝動。湯師承差點招架不住，但回想起來，正是因為那段毫無保留的激情與對抗，兩人關係才獲得堪稱愛情的品質。

嚴新卻有點不同。湯師承懷疑她的退化是某種更智識的思想反饋，因為帶有獸性而更加神祕。這讓他無比興奮，卻同時產生一種被閹割的恐懼。原本仰賴混亂的話術，在嚴新面前逐漸失效。他需要重新調整修辭策略，因為要支撐龐大世界對嚴新產生的衝擊，需要更真實的東西才行。

「我們今天不要去好不好？」嚴新小聲地說。

湯師承將車緩緩停靠路邊。雨幕模糊街景，意外成為湯師承最好的掩護。弦樂四重奏在雨聲背後細節難辨。兩人默默地坐了一會。

「長大本來就不容易，充滿焦慮、困惑還有恐懼，對女孩而言尤其不容易。記得小紅帽、白雪公主或睡美人嗎？女孩要蛻變成熟，就像得先死過一遍。」湯師承說：「我知道自己不是王子，只是，每次看著妳，就好希望成為喚醒妳的人。」

湯師承沒有繼續解釋。他知道嚴新一定懂。多美啊。故事裡的公主被吞噬、毒害、刺傷，乃至於長眠不醒，唯一不變的解方是王子的吻。鮮紅的帽兒與蘋果，是女孩還未準備好就來臨的性慾。遺落的金球象徵童貞，所以拾獲的青蛙要求同枕共眠。白雪公主則在七個小矮人的床上各睡過一遍。這些古老的暗示，雋永的隱喻，無所謂主客關係。女孩的重生與成熟，都是靠著與男生結合才能圓滿。

「我們算是男女朋友嗎？」嚴新問。

「為什麼這樣問？」

「如果是，我以後去非洲拍動物大遷徙的時候，可以帶你一起去。」

「還有馬丘比丘和吳哥窟。」湯師承露出笑容，沒有忘記嚴新讓他心動的地方：「妳很勇敢，我們一起勇敢好嗎？」

嚴新的笑卻有所保留：「那師母呢？」

湯師承以極其細微的嘆息先做出結論，然後才緩緩地說：「妳是問我還愛她嗎？」

嚴新看向湯師承，就連自己為什麼這麼問都沒有合理說詞。

「我們的感情……所有的感情……一旦被言說，將永遠被語言的框架所侷限，就像被放進棺材的屍體，再也沒有其他可能性，對誰都不公平……。」湯師承又嘆了口氣：「我沒有語言解釋自己，所以不可能期待妳理解。但就算理解了又有什麼用呢？因為我愛妳，也與妳無關。」

嚴新揉揉自己的鼻子，並順勢將右邊的頭髮理到耳後。她明白字義，卻無法處理含意。她的混亂不見起色，明白自己沒辦法解釋，而老師應該能體會，又再度小聲地說：「我們今天，不要去好不好？」

湯師承微笑點點頭，當然。

嚴新在湯師承臉上留下輕輕吻痕，拿起背包說要自己走走，便撐傘下車。

湯師承望著嚴新的迷濛身影消失在街角。他覺得心疼，不為自己，而是為了嚴新。她的聰慧非常致命，不論對湯師承或她自己都是。湯師承奇異地體會，這是另一種愛情，非童希真式的，也非湯師承式的。即使他還不熟悉，但充盈的喜悅有過之而無不及。

嚴新的味道還在。湯師承發現自己瘋狂地思念她裸露的軀體。下腹部延伸至褲襠內，一股暴漲的熱潮鼓動著，他卻不感到難受。因為活著，真實地活著，是讓人最興奮的事情。他回想他們僅有的幾次性交，互相包覆的肉體快感，唇頰不禁分泌出唾液。

直到手機鈴響。

是嚴新的？

湯師承搜尋聲音來源，在踏墊上發現她遺落的手機。

來電顯示：張正煦大律師。

***

攝影展事件過後，張正煦冷靜了幾天，終於體悟自己的荒謬。即使他對兩人稍好情誼的認識沒有錯誤，嚴新始終對他沒有任何責任。他希望能道歉，想像兩人仍有維持朋友關係的一絲可能性存在。然而打了幾通電話給嚴新，都沒有人接。

夏天就這麼過去了。夜晚的時間越來越長，張正煦的加班時間也是。

張正煦漸漸死心，因為生活現實不容許多愁善感，杜子甄的正義也沒有假期。接近實習階段尾聲，工作分量幾乎是前期的雙倍。他以為這是獲得器重的徵兆，但前輩卻認為杜子甄不過是在剝削他的剩餘價值。實習律師的作用比起法務大不到哪裡去。論薪水的性價比，可能是整個事務所最難看的職位。

張正煦意外獲得解脫。反正除了辦公室也無處可去。反正已經很習慣獨自過冬。忘卻情傷是加班的正面效應。應酬時他開始喝醉。非必要的話不再勉強說，對前輩的笑話不再勉強笑。就連原本就少得可憐的辦公室社交行為也全然放棄。有空閒時間就跑進儲藏室翻看結案卷宗，特別是那些杜子甄主辦的案件。

就算留不下來，也要學到杜子甄的思維。即使是律師袍的摺法，張正煦都如實記下、反覆練習。因為就連聚酯纖維都能服貼收整，杜子甄掌握的絕非只是手上功夫而已。

張正煦當然明白在剩下的日子裡，若不能有突出表現，留下來的可能性微乎其微。然而法律訴訟鮮少倚仗奇蹟，或天才的靈光一閃。日夜苦讀僅是基本。對於如此有組織紀律的事務所，大多數案件都只是一種庶務性重複。在經驗累積的標準作業流程下，戲劇性的案情轉折比公平正義還稀有——但不是沒有可能。

一封童希真案的法院來函，讓張正煦看見轉機。

張正煦當時正在整理每日新收郵件。前一封是份敗訴判決，張正煦正煩惱該如何向當事人交代，隨手拆開信封一讀，頓時清醒。公文內容乍看不甚明白，有什麼非常規的意味在其中，漸漸地意義與現實產生連結。張正煦赫然理解——童希真決定要採公開審理。

公開審理？

當天下午，湯師承氣急敗壞地出現在事務所門口。張正煦清楚他所為何來，趕緊報備後，領他進入杜子甄辦公室。

湯師承還未坐定，就從西裝外套裡掏出公文，劈頭便問：「妳有收到這份公文嗎？這是什麼意思？」

「童希真要求公開審理。」杜子甄早已知情，不疾不徐地從座位上起身，拿出水杯為他斟茶。

「什麼意思？」

「意思是任何人都可以到法院旁聽。」

「我們可以不同意嗎？」

「祕密審理是性侵案件告訴人的權利。她自願放棄這個權利，我們不能說什麼。」

湯師承即使不明白法律規定，也能想像童希真這個舉動會造成什麼後果。

「下一次開庭，童希真會轉為證人。」杜子甄接著解釋：「雖然是自己的案子，她還是可以作證。這只是形式意義的身分轉換。簡單來說，她會成為證人，在交互詰問程序中，透過檢察官的提問，會說出自己遭害的經過。」

「那也不需要放棄祕密審理呀？」

「她大概發現，你的生意比她重要，所以……。」

湯師承明白杜子甄的意思。童希真寧可放棄身分保護，為的就是要毀掉他最重視的心血。

「所以呢？我們該怎麼做？」湯師承顯得更加焦慮。

杜子甄陷入長考。以目前的情況看來，童希真的證詞是本案唯一的直接證據。如果不好好處理，不僅會輸掉訴訟，湯師承的名譽和事業也都會毀於一旦。

按杜子甄的記憶所及，從未聽聞被害人自願公開審理。一時之間，她沒想到什麼好對策。正在沉思之際，張正煦突然發聲：「她不是典型的被害人。」

杜子甄這才發現張正煦還站在門口。更意外的是，總是對童希真案件保持沉默的張正煦，竟然主動發表意見。

「典型的被害人？」湯師承問。

「所謂典型的被害人，就是那種外型純潔無辜，被侵害時會呼救反抗、事後驚慌失措、極其羞憤痛苦的被害人。」張正煦鼓起勇氣，抓住這個他等待以久的機會：「童希真不是典型的被害人，所以對她而言，公開審理是一個雙面刃……。」

「我聽不懂。」湯師承對於這些陌生的名詞感到不耐。

張正煦看向杜子甄，等待她的首肯，才敢繼續進言。杜子甄點點頭，示意張正煦向前，並以手勢邀請他坐下。

張正煦明白自己的說法獲得肯定，更有自信。他拉開椅子，從容坐下，第一次在兩位大人面前，展現自己的幽暗心思：「童希真的目的很明顯，就是要讓所有人聽她親口說出被性侵的經過。不管是真是假，都足以讓輿論判你死刑。」

張正煦故意停頓，這是他從杜子甄那邊學到的技巧：「對她而言，這場官司的目的已經不在於輸贏了，她只想毀掉你……我想某種程度上，你可以說這就是愛情吧。」

杜子甄冷笑。竟然還有挖苦湯師承的餘裕。

湯師承臉色一沉，惡狠狠地面對張正煦的玩笑。

「愛情……我們原本認為，你和她必須是愛情。但是如果，她只是一個蕩婦呢？」張正煦以最簡單的說法，直指策略核心：「證明一個清純的女學生和你談戀愛，和證明一個蕩婦勾引有婦之夫，哪個容易一些？」

杜子甄點點頭。張正煦的這番表述，不再是那個死守常規，畏首畏尾的書獃子模樣。他的想法雖然簡單，但非常精準。即使妨害性自主罪章剛剛修訂，意圖擺脫過去父權主義的貞潔、道德觀點，然而，價值觀的轉變並非一蹴可及。

也就是說，張正煦的思路不再受制於法律條文。在這個新法還未能成熟操作的時刻，他看出舊法時代辯護套路的價值。童希真越不像典型的被害人，對她越不利。既然她要公開審理，何不順勢而為，讓還未轉變的民智，成為湯師承最好的掩護。

確實是一著絕妙險棋。

「既然她想要用道德審判你，我們就用道德審判她。」張正煦加重語氣補充說明，不給湯師承一絲懷疑的餘地：「這是我們唯一的機會。」

湯師承聽似成理，卻還沒能完全反應，轉向杜子甄尋求建議。

杜子甄露出少見的肯定眼神，給予這個策略最高評價。張正煦的轉變令人意外欣喜，但她沒有表露。正當湯師承稍微鬆懈之際，她旋即嘆氣，適度地傳達憂慮——多少有幾分表演的味道：「雖然這個方向可行，但或許會有性行為盾牌理論的問題[2]……輿論也仍然是個風險，假如處理不好，律師會成為被攻訐的對象。」

杜子甄的顧慮不是沒有道理。張正煦只是提出策略，但最終上場執行交互詰問的卻是她。要請她出馬採用如此爭議的手段，勢必——

湯師承對她的意思了然於胸。如此強而有力的方法，他不可能就這麼棄置，只好冷冷地問：「杜律師，妳還要加多少？」

張正煦的心臟在胸膛裡劇烈跳動。因為他從杜子甄的眼神中得知，這將是他生涯的轉捩點。

---

2 一九九六年十二月三十一日制定之《性侵害犯罪防治法》第十四條：「性侵害犯罪中之被告或其辯護人不得詰問或提出有關被害人與被告以外之人之性經驗證據。但法官或檢察官如認有必要者，不在此限。」

二〇一九年（6）

張正煦坐在書房裡，仔細翻閱著童希真案的卷宗。身後的書櫃上，各類法學巨著圍繞著他，像是參與著神聖儀式，凝望他眉宇間的糾結，企盼正義終有平反的一天。

這份棗紅色卷宗是張正煦從杜子甄事務所離職時唯一帶走的東西。按理卷宗屬於事務所財產，不告而取當然違反法律，但他非常小心確認沒有留下證據。杜子甄當時肯定找過，也一定猜得出是他帶走的。不過既然案件已經告一段落，也不是什麼大案子，自然沒有大費周章追查的必要。

卷宗裡所有的書狀、筆錄以及（少得可憐的）證物一應俱全，那都是他的心血結晶，記錄著他的所作所為。他沒有帶走這份卷宗的實際理由，只是出於律師直覺，和一種不能言狀的負罪感——湯師承肯定會再犯案。

在自己領地稱王的狼，不可能放棄送上門的獵物。那不是垂憐，而是慾望。只要權力足以製造機會，他會繼續逞凶。張正煦直到今天才明白，自己從未離開湯師承的國度。他是手持利斧的樵夫，在那片腥臭慘澹的荒原日夜徘徊，找尋血刃惡狼的機會。那份卷宗就是證據。因為獵物沒有名字，但狼王會留下蹤跡。

這麼多年以來，張正煦將這份卷宗仔細包藏，收在一個不起眼的紙箱裡，一直帶在身邊。他有時候幾乎忘記這個案子，但回憶或夢境時不時會提醒他。自己曾經有一段日子是那麼軟弱。

那時候還有嚴新。

她的長相已經模糊。原本以為會記得一輩子的細節，如今只剩片段畫面，甚至虛實難辨，帶著如濃霧般黏膩的窒息感，無從與那段粗糙震盪的日子分離檢索。張正煦常常混亂地想起他們曾經踏入一個冷氣過強的古怪房間。層層黑色絲絨布幕，包圍著一具圓柱狀、高約兩公尺半，直徑一公尺的金屬籠物。身分未明的操作者，觸碰不知存在何處的開關，數十盞五瓦鎢絲小燈泡同時亮起，籠物在幽微氣氛中開始旋轉，齒輪運作發出規律的喀啦喀啦聲。

光線太暗的緣故，他們必須穿越幢幢黑影，接近那個正在低鳴的巨大無生物，才能看清它的紋理。帶著怪胎秀的意圖，玩弄的原來是視覺殘留的把戲。自柱狀中心向外延伸的金屬細條，末端鎔鑄著小指高度的金屬圖塊，以螺旋狀的排列方式構成籠狀外觀。高速轉動之中，那些金屬圖塊自混沌中甦醒，它們跳躍、飄動、形變。從頂部而下，先是雲朵幻化成小鳥，接著是手掌、天使、花瓣，最後又變回雲朵落地。

如果夠專心，錯覺可以成真。它們會轉向。墜落與上升，就只在一瞬間。再退一步觀察，體會更深，因為兩者其實是同時存在。

那是在哪裡？他和嚴新為什麼抵達，又怎麼逃去？完全想不起來。

敲門聲打斷張正煦思緒。簡云走進後又輕聲闔上門。

她不對勁。已經好多天了。

張正煦趕緊拿起手邊的書籍文件，遮蓋住童希真的卷宗。他猜想簡云會問起少年法庭的事。性侵被害人被指控通姦並非意外插曲，有時候還會搭配妨害名譽。這些都不是難解釋的事情。倒是律師公會的來函，那個杜子甄的低劣伎倆，可能得花點心思隱藏。反正簡云不可能察覺——

「你認識湯文華？」簡云在桌邊坐下，冰冷語氣透露出責問。

張正煦肯定這件事也出自杜子甄之手，同時明白這是簡云的最後確認，沒有說謊的餘地。

「是。」

「為什麼你不跟我說？」

「沒什麼好說的。」

「沒什麼好說的？你們怎麼認識的？」簡云有著超乎常人的直覺：「你當過他的律師？」

「是。」

「也是性侵案？」

張正煦點點頭。

「所以……你向詩羽保證會贏，就是這個原因嗎？」

「妳不需要知道細節，總之——」

「那個案子怎麼了？」

「這兩個案子完全無關。」張正煦不可能說，也無法說。

「我問過你，為什麼接這個案子？你記得你是怎麼回答的嗎？」簡云望向張正煦：「你騙了我。」

「我沒有騙妳——」

「你以為自己是英雄嗎？張正煦？」簡云嚴厲地斥責：「我說過——」

「想當英雄的不是我。」張正煦打斷她，抬高音量掩飾心虛：「如果這件事在倫理上真的有問題，為什麼妳還是想要我幫忙？難道不是一廂情願的正義感嗎？想當英雄的是妳，不是我。我只是在做律師的工作。」

「她的生日……。」簡云垂下眼簾，忍住不讓痛苦流露，或至少看起來不那麼驚悚：「郭詩羽的生日，和我的一個學妹同天。」

張正煦聽不明白，困惑地望著簡云，方才的強勢陡然消退。

「我們在大學認識，都是同一個教授的學生，再加上個性很像，很快就成為好朋友。那個教授是好厲害的人，年輕時參與社運，敢說敢衝，還會創作，寫詩、寫歌還有文章。他的家庭美滿，有兩個漂亮又聰明的孩子。我在教授身上，看到一個人最好的可能。我想成為他，以那種模樣投入這個世界。

「然後他就強暴了學妹。我是在好多年之後才知道的。那天下午，在他的辦公室。事情持續到畢業之後。在那之中，我們三人關係依舊如常。有很長一段時間，他們兩個是我最親密的夥伴。

「畢業以後，教授安排她進入一個長照中心服務，威脅她如果不從，以後也別想在這個圈子混了。所以，她只能繼續做他的禁臠。想要脫離關係，就被恐嚇，家人被騷擾，還被單位審問質疑，被長官排擠孤立……。

「我看過她解離的樣子。解離，你知道是什麼嗎？我後來看過很多個案，但沒有一個像她那樣……她不只離開自己，她好像，想變成我。

「她自殺那天，我沒接到她的電話……」簡云聲音變得越來越小：「手機裡最後的訊息，是她告訴我，跳樓沒有聲音，但會有人記得。」

張正煦的無端指控，竟勾起不堪回憶。他突然明白，對於簡云如此正直的人，當英雄或許才是最困難的事情。

「我來不及跟她說對不起。」簡云深吸一口氣，試著緩和身體顫抖：「那天下午，原本應該是我去教授的辦公室。我裝病，叫她代我。因為我知道，老師對我有好感。」

張正煦腦袋一片空白。夫妻這麼多年了，簡云從未分享過這件事。他不敢追問細節，怕連自己也無法面對。即使只是想像，簡云遭害的畫面就讓他窒息。他更不知如何安慰才不顯得自己無能。

他想，只能靠法律。法律就是力量。現在的局面不同了。我們擁有這個力量，就可以保護你們，就可以戰勝。所以他堅定地說：「律師和社工的思考不一樣。處理法律案件，妳要相信我。」

簡云安靜下來，但她必須問：「那個案子後來怎麼了？」

張正煦明白這個答案會暗示很多事情，甚至帶來危險，但他不忍心再欺騙。

「我贏了。」他幽幽地回答。

這個答案隱含各種可能過程，但簡云心中已經清楚無比。

她接著看見張正煦手肘邊緣，那塊棗紅色的一角。

＊＊＊

張正煦站在杜子甄律師事務所門口，發現二十年的重量以一種溫和方式包覆這個地方。即使木牌上的字跡已經腐朽難辨，但周遭旺盛的綠意卻款待似地賦予深意。對比圍牆後那些罪惡與僥倖，張正煦更確信這世界的自然毫無理性，縱使有其規律，公義絕不在其列。

杜子甄親自迎門，以微笑示意。她在午後斜陽下看來輕鬆，擁有令人意外的和適姿態。張正煦克制地點頭回應。心中波瀾不是因她依舊細緻的外貌而起，而是懷疑她何能向宇宙取得諒解，坐享無辜之人也難奢求的平靜。

張正煦是在通姦案出庭後隔天，接到杜子甄的親自來電。那是極其日常的律師交涉。她在電話中喊他「張律師」，自稱「杜律師」，並以湯師承的委任律師身分，邀他來所一聚，討論和解事宜。

即使張正煦內心絕無和解空間，仍然明白自己應該同意出席。因為當事人有權利知悉對方的條件。律師的責任與義務，在於如實轉達，並提出建議，以利當事人做出最後決定。

事務所的辦公桌椅全數換過，座位變少，空間更為寬敞。原本雜亂堆疊的資料櫃，還有線路複雜的各種設備，如今都整齊收攏。張正煦對這般清爽感到意外。杜子甄解釋道：「我現在只接熟客的案子，工作量比以前少很多了。」

走進杜子甄辦公室，一股奇異的鄉愁湧上心頭。這裡曾是張正煦日夜仰望的殿堂。擺設絲毫未變，依舊一塵不染，感覺卻小了一點。杜子甄拿出威士忌酒瓶，未打招呼便替張正煦斟上。

「雖然已經半退休了，但是還是習慣每天都到這裡來。有時候會突然覺得，死在這裡，比死在床上更踏實。」杜子甄說完，將酒杯放在張正煦面前。

張正煦絕對忘不掉杜子甄第一次斟酒給他的情景。那天下午，當他以「蕩婦策略」打動湯師承，獲得杜子甄的絕對肯定之後，她也是這樣遞上一杯酒，給予他轉為正式受僱律師的承諾。他忘記自己有沒有喝完，但不需要酒精，榮耀與羞愧已足使他亢奮。當時他感覺自己處於某種被硬生生折開的斷面上，就要迸發生猛的新枝。可是後來才明白，不安與罪惡交換的不是成長，而是靈魂。

「你滿意嗎？」杜子甄端起自己的酒杯，在他面前坐下：「做了這麼多年的律師，對自己滿意嗎？」

「感覺還是賺得不夠多，沒能買得起這樣的辦公室。」張正煦淡淡地說：「要成為自己想像中的人，本來就不容易。」

「要成為自己不是的人才真正困難。」杜子甄微笑：「正煦，你是我帶過最優秀的律師。你只是運氣不太好。」

張正煦一口喝盡威士忌，明確釋放訊息。他沒有打算久留。

「我們和解吧。」杜子甄直接了當地說。

「不像湯師承的作風。」

「他不知道這次會面。我沒有告訴他。」

「他沒有授權的話，我們談了也沒用。」張正煦說：「更何況我的當事人不會同意和解。」

「我們會贏嗎？郭詩羽應該這樣問過你吧？你是怎麼回答她的？」杜子甄維持一貫的優雅態度，令她的指控更加深刻：「你明明知道在法庭上會發生什麼事情。」

「法庭上的事，誰說得準？」

「我知道你為什麼接這個案子……」杜子甄語氣和緩，竟像在關心朋友：「我在意你，可是我更在意郭詩羽。」

在意郭詩羽？張正煦默想著，今天這場對話，就在湯師承提出通姦告訴、我被檢舉利益衝突、簡云被關說施壓以後，妳卻說在意郭詩羽？非常合理，這就是我認識的杜子甄。

「杜律師，不要裝了。我們都知道妳在意的是什麼。妳是律師，錢啊名啊，說出來並不丟人。」張正煦禮貌地微笑回應。

杜子甄感到一陣悲哀。

她很習慣被誤解，但從來不多花力氣解釋。曾經有一個床伴問她，妳的故事是什麼？杜子甄不明白為什麼自己要有故事。好像必須要有一個特別的理由，她才可以是她現在的模樣：沒有婚姻，沒有子嗣，沒有引人注意的癖好，也沒有可以做為八卦的私生活。實際上，她認為自己的人生是由各種平凡的條件和選擇所組成。唯一值得敬佩的行為，就是做自己。因為那並非容易的事。尤其當她是女性，尤其當她是一名女律師。

只有弱者需要理由。這世界的惡意杜子甄見得太多，但藏得最深的，是那些針對女性的訊息，不斷展示何謂完美，而她們都是有缺陷的貨物。不，她從很小就知道拒絕，因此她不是受害者，不是弱者。只有弱者需要說明理由。她不需要故事，不需要任何藉口來支持自己的行為。

二十年前的童希真案，那場交互詰問，後來成為一縷幽魂，至今仍在杜子甄身邊圍繞。她並不後悔，也不覺得悲傷，但再也無法忽視那鬼魅般的耳語，日夜提醒著她，事物的理性可以有多麼荒謬。她記得張正煦在事發後請了兩天假，再次出現時帶著辭職書，黯然地離去。她沒有挽留，也未能釐清胸口鬱積的情緒是什麼，直到二十年後張正煦再度出現。

正是因為荒謬，情感才產生意義。

張正煦是她的責任，所以郭詩羽也是。

想起來違反常理與直覺，張正煦當然不可能理解，但杜子甄認為只有自己接受湯師承的委任，惡意才有可能結束它的輪迴。當然，她絕不可能這麼說，只能試著接近：「如果你到今天還相信法律可以解決所有問題，那我會非常失望。」

「妳不相信法律嗎？」

「記得一九九九年發生了什麼事吧？那年修法以後，事情有變好嗎？你應該是最清楚的人。刪除『至使不能抗拒』要件根本就是笑話。在修法以前，最高法院本來就認為強姦罪所施用之手段，只需使被害人喪失意思自由即可。即使沒有實際抵抗行為，強姦罪仍可成立[3]……

3 最高法院七十六年度臺上字第七六九九號刑事判決：「……然強姦罪所施用之強暴脅迫手段，祇需足以壓那為什麼還要修法呢？」杜子甄追論：「性犯罪具有隱蔽特性，各說各話難以證明，所以審判才會聚焦在有無反抗行為。這是證據評價的程序問題，卻去修改實體法要件，為什麼？」

張正煦看著手中酒杯，耳朵聽得明白。

「因為那些人只看見問題表面，而且太過高傲，無法接受法律不可能完美。刑法的目的不在復原，而在懲罰。但傷害呢？該怎麼復原？」杜子甄帶著喟嘆說：「要救被害人，靠的不是法律。」

「我有點搞不清楚妳是站在哪一邊了。」

杜子甄啜飲一口酒，態度堅定：「修法以後一切以性自主意思為準。被害人內心被壓制到什麼程度，到底要怎麼認定？還不是需要證據？事情有變容易嗎？沒有。法官為了避免誤判，謹慎認定『有無違反意願』，不是才造成白玫瑰運動嗎？結果最高法院如何回應憤怒的民意？」

張正煦知道杜子甄在說什麼。二〇一〇年臺灣社會接連爆出兩件幼童性侵案判決，被害者分別為六歲與三歲女童。法官皆以「無法證明有使用違反幼童意願之方法」為理由，認定不成立「強制性交罪」，而輕判「與未滿十四歲男女性交罪」，引發輿論譁然。群眾最終走上街頭演變為白玫瑰運動[4]。最高法院為平息眾怒，火速做成九十九年度第七次刑事庭會議決議，主張與七歲以下幼童性交，不論有無違反意願，均應成立「加重強制性交罪」。

這個討好人民法感情的結論，根本與《刑法》規定相左，嚴重違反罪刑法定主義之憲法基本原則[5]，至今仍為司法史上醜陋的汙點。這些紛紛擾擾確實與一九九九年的修法有直接關係：因為年齡、意願與強制手段等體系的混亂，導致不能證明被告有使用違反意願之方法，幼童的意願又無客觀事實證明，只能落入「與未滿十四歲男女性交罪」以及「權勢性交罪」的討論之中。

惡法亦法。二十年過去了，一切都沒有改變。

「白玫瑰？那麼被性侵的孩子算什麼？紅玫瑰？黑玫瑰？說到底，那些不願理解判決的

抑被害人之抗拒使其喪失意思自由即可，縱令被害人實際無抗拒行為，仍於強姦罪之成立不生影響……」

4 二〇一〇年九月廿五日，正義聯盟與白玫瑰團體在總統府前舉辦萬人響應之白玫瑰大遊行。其中六歲女童案之承審法官邵燕玲被批評為「恐龍法官」。二〇一一年三月，馬英九總統提名邵燕玲為大法官候選人，然而在名單曝光後，輿論譁然。邵燕玲預見可能引起社會反彈，為避免造成總統及司法院困擾，主動放棄提名資格，終使馬英九總統更換大法官提名人選。

5 罪刑法定主義即《刑法》第一條規定：「行為之處罰，以行為時之法律有明文規定者為限。」其重要內涵之一為「禁止類推適用」，亦即，刑事法律未規定之事項，不得引用類似性質的法條「比照」處理。

人，在意的還是貞操啊。我聽說最近有人倡議轉換舉證責任，要求被告證明自己沒有違反被害人意願。所以做愛前必須先簽同意書，就連夫妻也一樣，才能確保自己在刑事程序中不敗的地位。哈哈哈……難道不就是因為追捧自由意志，父權才得以脫逃嗎？」杜子甄目光灼然，字句有力：「你懂了吧？那些人根本不可能滿足。只要以完美之名，法律可以修改一百萬遍。但是，被害人呢？他們只有一次程序，一次人生，一次復原的可能。這些從來就不是這種狗屁法律可以做到的事情。」

「妳的意思是因為法律不夠好，所以我應該接受和解？」張正煦絲毫沒有動搖：「杜律師，這才是笑話吧？」

杜子甄回想起當初為什麼留用張正煦。原本以為是那分與自己相似的驕傲，後來才明白是對他難以馴化的成長期待。她幽幽地說：「真正邪惡的，究竟是童話本身，還是說故事的人？明明童話世界不存在，卻要求我們相信幸福快樂的結局。」

「杜律師，說完了嗎？」張正煦將空的酒杯推開，作勢要走。

杜子甄承認在這種敵對關係中，信任並不存在，尤其是她手把手教出來的張正煦，更沒有相信自己的理由。要讓張正煦屈服，只剩最後一招。她點起雪茄，冷冷地望著張正煦：「我後來見過童希真。」

張正煦聽見這個名字，心頭像被皮鞭抽了一下。

「那是很多年以後，我花了一點力氣才打聽到，她在一間銀行上班。我們聊過一次。」杜子甄望著手上酒杯，像是在對自己說話：「我想要你知道，她現在過得很好……雖然傷痕不可能抹除，但誰不是傷痕累累地活在這個世界上呢？」

張正煦感到口乾舌燥。酒精在胸腹之間起了作用，連呼吸都紊亂起來。

「她心裡應該還是恨著我們的吧。不過，心裡頭有恨不是什麼壞事……你怎麼可能懂呢？」杜子甄望著酒杯中琥珀色的流轉：「女人必須要懂得恨，才有辦法在這世界上生存下去。」

「妳想說什麼？」張正煦惡狠狠地瞪著杜子甄。

「她最後對我說，如果當初接受和解就好了。」杜子甄將酒杯輕輕放下，沒有發出一點聲音。

張正煦低下頭，身體不住發抖。他分不清是憤怒還是恐懼。他為這一切感到噁心。

杜子甄的意圖明顯。非常狠毒，卻十足真誠。

因為，她知道那一天，法庭上發生了什麼事。

她明明懂得，那是張正煦最深的傷口。

＊＊＊

就在張正煦落寞離開杜子甄事務所時，簡云在他的書櫃中找到那份棗紅色卷宗。

她必須知道所有事情。因為郭詩羽是她的責任，因為張正煦是她的丈夫，因為，她是簡云。

封皮上的字跡依舊清晰可辨。法院案號揭露年分，案由是強制性交。當事人是湯師承，告訴人叫童希真。還有很多陌生名字，但張正煦三個字她絕無可能錯認。

簡云翻開卷宗。掉出一張照片。

童希真案的真相，張正煦所隱瞞的一切，在她眼前開展。

一九九九年（6）

湯師承知道自己必須和嚴新分手。

童希真案即將曝光是一個關鍵。杜子甄已經不只一次語帶恐嚇地提醒他，在接下來公開審理期間，千萬不要「多情誤事」。他當然明白輿論的重要性。如果這時候又有其他女學生出面指證，肯定不是一件好事。尤其是他們已經決定採用張正煦的「蕩婦抗辯」，此時自己的好男人形象就更必須細心維護。

他已經打點好老婆那邊，必要時刻配合演出，夫妻恩情體諒的戲碼，為的是家庭，為的是孩子，當然也是為了生意和源源不絕的錢。

如果說童希真要求公開審理是意外，那張正煦這個人便是意外中的意外。

湯師承始終不明白杜子甄為什麼會僱用這個沒有學歷光環，外表也不添彩的菜鳥。他總是一副抑鬱表情，好像被迫出世的早產兒，稍微一點聲響躁動都讓他難以忍受。他是未經實戰的理想主義者，帶著無處宣洩的優越感，單憑個人好惡與世界為敵。最令人厭惡的是，他對此全然未有一絲自覺，還以為正義是他的獨家發明——專屬於平庸律師的安慰獎。

然而，上次張正煦反客為主的獻策，卻讓湯師承改觀。身為策略的受益者，他同時感受到難以忽視的威脅。湯師承也年輕過，懂得怪物總有一天要讓人害怕。天賦就像無法迴避的宿命。只是張正煦的覺醒絕非最佳時機，尤其是考慮到他對嚴新的情愫。

湯師承讀遍嚴新遺落的手機中，張正煦日夜追求的可悲簡訊。他懂得這些單調言語背後的熱切想念，因此明白這頭受挫野獸，為何得以激發無端力量。那不是理想幻滅得以解釋的層次。那是更原始的需求，如同雙生火焰的傳說，在未被需要、被珍視還有被崇拜以前，火光熄滅黑暗永存的無盡恐懼。

走投無路的慾念，需要存在的反證。這股憤怒力量雖然走勢如虹，卻轟然欲傷。湯師承得藉以脫罪，也極可能遭到反噬。因為人的本質不可能改變。張正煦還不懂得調和天賦與本質的落差，或許他永遠學不會，所以更顯得危險——尤其他還是自己的律師。

嚴新的事絕對不能讓張正煦知道。

不論哪個理由，分手都是唯一的答案，但湯師承竟感到痛苦。

他們還有好多未完成的約定。明年聯考之後，正是六十石山的金針花海盛開之時。那會是第一次遠行，以攝影練習為藉口，順道拜訪清水斷崖的千仞絕壁，還有南澳的神祕無人海灘。或者深入東部縱谷，造訪幽靜部落，涉足翻騰的野溪溫泉，深入開放無時的處女禁地。

一切都不可能成真了。就像失戀一樣。

不，這真的是。

湯師承沒有太多時間緬懷與感傷，鑑於開庭日期逼近，這段戀曲必須及時而且充滿技巧地結束。這是為了保護嚴新。只要痛苦是出於普世的無奈，對世界就還能保有希望。湯師承想來毫不矯情，這是他最後的溫柔。

首先是毫不掩飾的疏遠。停止關心簡訊，取消個別輔導，課堂上不再刻意對望，或說些只有彼此才知道的暗語。不過一個禮拜的時間，嚴新就倉皇得像隻黃金鼠，在電梯口來回徘徊，等待單獨的對話機會。湯師承望著她茫然閃躲的眼珠，心痛得差點放棄。他必須費力忍住，才能好好地按照計畫實行，告訴她一切都是為了她好。課業和未來，才是這個年紀該有的煩惱。愛情是意外，對我和妳都是。

「我必須停止想像有妳的未來，日夜侵蝕的焦慮才能稍稍減緩，生活才能回歸它的原貌。」湯師承顫抖地說：「妳未來會遇到一個人，更適合的人，可以保護妳的人。老師會默默守護妳，但是我們得承認，世界沒有容得下我們的空間。」

嚴新沉默地退開。以她的個性，不願意假裝，也不希望造成別人麻煩。所以在眼淚湧出以前，她只有轉身一途。湯師承還不忘補充：「如果有人知道我們在一起，會怎麼看妳？我這輩子已經是差不多了，但妳不一樣……。」

話沒說完，但聰明如嚴新絕對懂得。

湯師承不是沒有掙扎。每當他看見嚴新與男同學說話，心裡就一股妒火，忍不住公開在課堂上奚落對方。看見她換了新的筆袋，就幻想是誰填補了他的空缺。好幾次像遊魂一樣，徘徊在嚴新住處外，望向透著小夜燈的窗臺，想像淚溼的被窩既溫暖又酷寒。

他最終痛苦地接受，或許這是最好的結束。

直到嚴新展露她依戀的決心。

＊＊＊

嚴新在禮拜日下午自習結束後，刻意放慢離開腳步，在漸歇的廣播中，躲進廁所隔間。等到走廊不再腳步雜遝，等到櫃檯聲息終歇，她才現身。這是湯老師難得獨處的時刻，她比任何人都清楚。所以當她輕聲推門進入辦公室時，湯師承的驚恐非常直接，更難以掩藏眉宇間因害怕而生的慍怒。

「妳怎麼還在？」

嚴新沒有回答。這是充滿心意的卑微行動。選擇這個時刻，彰顯她明白祕密的重要性。如果老師能知道自己並不後悔，或許就會更勇敢一點。於是她走近，交出一疊照片給他。

那是細心挑選的作品，街景光影、飛機起降、香草天空……充滿技術與巧思，是老師栽培的成果，還有兩人關係的明證——其中幾張照片，湯師承在後座閉目養神、在旅館床上沉睡，甚至有幾張嚴新以自拍的方式入鏡，距離與氛圍都引人遐思。

只是湯師承無暇欣賞。他沒有嚴新的自由，只能淡淡地稱讚拍得很好，然後抽出有自己的照片，將剩下的交還給嚴新：「以後，不要隨便拍我。」

這個舉動的意圖非常明顯，狠狠刺傷了嚴新。她伸手將照片搶回來：「這些都是我的！」

「妳不可以這樣闖進我的辦公室。」湯師承心裡焦慮，不願再談：「我還有事，妳趕快回家吧，已經很晚了。」

嚴新望著手上照片，那些曾經的笑臉，都默默收進書包。她要知道原因，所以手移至腰際，輕輕地抓著自己，然後將綠色制服拉出百褶裙，開始解鈕釦。

「不要這樣。」湯師承別過頭：「我不能愛妳，就不能再這樣做。」

嚴新顫抖地解開全部鈕釦，由上而下，敞開制服，露出白色胸罩。她接著繞過桌子，繼續靠近湯師承，直到他可以聞見初生胸脯所夾藏的體香。

湯師承瑟縮起來，知道自己如果跨越，將永遠活在地獄裡。必須讓嚴新死心。他不安地後退，笨拙揮舞雙手，從抽屜裡抓出一個東西，擋在嚴新面前。

那是她遺落的手機。

「有人一直在找妳……妳不是和他很好嗎？他喜歡妳，妳也喜歡他，對吧？」湯師承沒有掩飾嫉妒，那恰是目前需要的效果：「我不能一直活在妳的日子裡，我會瘋掉。妳有太多選擇。妳太好了……而我配不上，真的配不上。」

嚴新還未想透，傷心、羞愧和內疚才要開始控制她的心靈。

手機突然震動起來。

＊　＊　＊

張正煦又夢見嚴新。

是那種醒來以後，令人憂鬱好多天的夢——即使他們在夢裡瘋狂做愛。

那是一個黑色房間，重重黑色絲絨布幕將他們包圍。一座籠物發出規律運轉聲，在眼前發光旋轉。張正煦牽起嚴新的手，反向繞著籠物跑起來。沒有盡頭的迴圈。他們在追，也在逃。最後雙雙捲進絨布裡，赤裸地交纏。張正煦摀住嚴新的嘴，不讓參觀的人察覺她的極樂呼喊。空間與時間在他們身側無限延伸，直至墜落的酥麻感迫使張正煦射精。

醒來以後，張正煦無法從失落中復原。褲襠裡狡猾的熱意很快失卻溫度，成為一片黏附的冰冷。他一直忍到可鄙與腥臭的自尊消逝後，才踏著滑稽的腳步走進廁所處理。

他曾憤怒地想，就算只是普通友情，難道不值得一次輕易原諒，或稍微忍受？也曾客觀分析，自己對這份關係是否有所虧欠，而嚴新或許有不願明說的困難。最終他發現折磨人的不是怨恨，而是就算預見失敗，仍想要表白的心情。結論是，他必須道歉，然後誠實地讓嚴新知道，他一切脫序的行為，還有虛妄的期待，都是因為喜歡上她——即使必須承認身分上有多麼不恰當。

張正煦再度回到北一女校門口。這次他躲得很好。放學時刻人潮洶湧，在眾目睽睽之下，絕非化解誤會的最佳時機。必須再晚一點，也就是補習班放學時，或許她會有一點時間和空間，讓張正煦請喝一杯手搖飲料，再陪她散步到公車站牌。

嚴新和一群同學出現。她站在團體的邊緣，像是在聽著大家說話，然後不甚用心地微笑。張正煦站在對街，緊緊盯著嚴新的路線。她沿著重慶南路向北前進，然後在寶慶路右轉，進入二二八和平紀念公園。張正煦焦急地等待紅燈過去，朝著她消失的方向飛奔，最終在和平紀念碑附近重獲她的身影。

張正煦從急促呼吸中，體會方才失去她的憂慮，不禁一陣莞爾。不過幾個禮拜，自己竟然多次像賊一樣跟蹤著心儀的女生。狼狽已經不足以形容這種愚行。如果要選，他更覺得是荒誕，或混亂。

他繼續跟隨嚴新穿越小徑，從臺灣博物館的右側離開公園，進入補習街區，最終看著她走進超鐸文理補習班。

超鐸？

這是什麼樣的巧合？但是轉念一想，超鐸身為升大學補教界龍頭，如此或然率也不算離奇。

望著已無嚴新蹤影的補習班門口，張正煦發現幾名廣告工人正將做為門面的宣傳大圖卸下——那是湯師承挺拔的形象。他想起這是杜子甄的建議之一。既然公開審理勢不可擋，要降低損害，首先得淡化補習班的個人色彩。再兩週就要交互詰問童希真。這時機計算得分毫不差。

就在今日稍早，杜子甄才責備他所撰擬的詰問草稿「毫無力道」。那是他耗費數日，努力貫徹蕩婦抗辯的辛勞成果。原本以為可以再下一城，卻換得無情批評：「你有種說，就要有種做。」杜子甄用這句話把他轟出辦公室。

不過張正煦現在無心思考工作，他更煩惱的是，道歉該怎麼說出口。

三個小時的等待，只讓張正煦加倍茫然。以至於當嚴新拖著疲憊步伐走出補習班大門時，他決定憑直覺行事。他在第一個轉角叫住嚴新，用他所知，嚴新無法拒絕，而也是自己唯一甘心的方式道歉。

「你想去打球嗎？」

結果當然沒有打球。因為有人穿裙子，有人沒帶球。

而且明天還要上班上課。

張正煦提議陪嚴新走去公車站，在那邊等著一兩班車過去，也就十幾分鐘聊聊天，希望不會讓她太困擾。嚴新點點頭，由她帶路，走回二二八和平紀念公園，再從衡陽路接博愛路，一路往南走。

晚間十一點的博愛特區，行人已經非常稀少。偶而劃過的車燈像流星，迅速隱滅在道路終端。張正煦和嚴新並肩走著，發覺自己未曾這樣體驗臺北夜色。

張正煦終於肯定今天的決定是正確的。對嚴新不再有期待，世界反而安靜下來。原來在這個龐大的陌生城市裡，自己想要的也不過就是能和一個人安靜地穿過無數平凡角落，以散步的方式，說話或不說話，沒有任何目的地。

晚秋天空，帶著清澈的寒意。他見嚴新外套單薄，趕緊將自己的牛仔夾克脫下，披在她的肩上。嚴新沒有反對，俏皮地擺動肩膀。稍大的夾克在她身上竟不違和，反而更添可人風采。

不談考試、攝影或工作，兩人的話題變得極其有限。大半時間嚴新都沉默著。張正煦以為幾個街廓之遙的公車站，竟像永遠不會到一樣。他當然希望這段路可以這麼延伸下去，就算徒步走到景美也輕鬆愉快，但他漸漸明白，不想停下來的是嚴新。

她心裡有事，而那肯定與自己無關。

「你還好嗎？」

「沒事，我只是失戀了。」嚴新簡短回答。

張正煦對這個答案並不意外，一切甚至有了解釋。嚴新從頭到尾沒騙他。只是自己沒問過而已。有些悵然，但既然失戀了，不就等於自己還有機會？這樣的想法雖然無情，但合乎邏輯，張正煦突然又有堅持下去的力量。

「如果有人欺負妳，我一定告死他。」張正煦試著緩和氣氛，打趣地說。

「張大律師，不是每件事都可以用法律解決，好嗎？」

張正煦想起什麼，掏開皮夾，拿出一張名片交給嚴新。

嚴新看著名片上的資訊「杜子甄律師事務所／實習律師張正煦」，擺出不甚信任的眼神。

「下個月我就轉正式律師了。」張正煦得意地說：「老闆答應留我。」

「沒聽你說要請吃飯。」嚴新將名片收進口袋，以慣用的挖苦語氣調侃他。

「好哇，我們去吃蘇阿姨披薩屋！聽說炸雞很好吃，披薩就不怎麼樣……。」張正煦一掃陰霾，把打聽過幾間適合約會的臺北餐廳全盤托出：「還是妳想吃紅花鐵板燒？或是茹絲葵牛排？也有更高級一點的……。」

嚴新這次真的笑出來。

張正煦靜下來。他第一次體會到嚴新的節奏。沒什麼好急的。如果說有什麼更重要的事，那就是安靜地走完今晚這段路。他確定終點不遠，但或許會再遠一點點。每一次經過的公車站牌都有可能，也都還有下一站。

就這麼一站一站地走。

甚至不需要交談。

在這天空清澈的臺北晚秋之夜。

＊＊＊

嚴新不是故意看見那些巧克力球的。

那些由錫箔包裝，印著各式球類圖案的小小巧克力球。在折射午後夕陽的玻璃罐裡，帶著與世無爭的氣息。

嚴新在巷口的小書店裡買了幾支原子筆，和一罐新的立可白，為的是行憲紀念日前的第三次模擬考。工欲善其事，必先利其器。這些為了考試做的細節準備，早已是她反射性的日常。

今天晚上原本是湯師承的課，但補習班臨時通知停課一次，並未說明原因。她沒有深究自己突然放鬆的感受，但意外空閒的時光竟自生樂趣。她在書店裡奢侈地多花了一點時間翻閱音樂雜誌。盤算著圖書館裡的陽光角落，會是今天最好的藏身處。

走出書店門口時，她才看見那一排零嘴甜食的玻璃罐。巧克力球像是在招手，她心底卻黯淡下來。這已經成為另一種習慣。每當想起老師，她還是覺得酸楚無力。有時候半夜醒來，會覺得老師的厚實手掌還停留在小腹與私處之間。還會有反應，心理和生理都是。那些未竟的承諾、徒留回音的笑語，依舊在心中盪漾。

她沒有失戀過，所以旁敲側擊地問了一些同學。譬如怎麼度過最初的否認期——她第一次聽說悲傷五階段理論。好像將情緒分期，痛苦就少了一點點。她聽從同學建議，做一些事情逼自己麻木。像是反覆寫著老師名字，或者抱著相機睡覺。

如果是今天，就拿起幾顆巧克力球，重新品嘗扁平又混濁的甜味吧。她想。

嚴新旋開玻璃罐的蓋子，手懸在半空中，一種不祥的預感捕獲了她。

在七彩繽紛的包裝下方，各種美好童趣的背後，是書報陳列架。幾張照片，熟悉的臉孔還有場景，湯師承和他的補習班帝國，並列在最顯目的頭版頭條。

補教名師性侵羅生門，被害學生要求公開審理。

玻璃罐裡的甜味變得黏膩滑溜，巧克力球融化像成群的蛆，在指腹下蠕動，嚴新嚇得縮回手。

她不可能買那份報紙。

但她必須讀。

＊＊＊

湯師承一整天都關在辦公室裡。這件事只有杜子甄與他的司機知道。

因為對新聞爆發已有預期，補習班早做好相應準備。先行停課，再迅速由杜子甄律師出面發表公開聲明。除了駁斥傳聞，更宣布不會影響學生受教權益，將延攬其他名師補足湯師承暫離的空缺，直至訴訟結束。

媒體記者在補習班外守候，原本狹小的南陽街更顯混亂，最後警察必須協助疏導，才使尖峰時刻的人潮得以順利通行。補習班行政主任位居前線，一律謝絕採訪。眾多媒體僵持至午夜才終於散去。

湯師承和杜子甄通過幾次電話，並透過新聞掌握現場消息。他沒有太多能做的。例行庶務處理完畢後，安靜地聽著窗外細碎的喧鬧聲。他很想嚴新。如果不是童希真，如果不是這個案子，今天又可以造訪那座白色宮殿，聽她再喊一次。

下禮拜就要開庭，他必須再忍耐一段時間的孤獨，任何意義上皆然。諷刺的是，在這個非常時刻，他發現司機是他最信任的人。

司機綽號老班。年紀比湯師承稍長，雖尚值壯年，但右腳瘸拐，身形佝僂。天生說話有一種金屬刮擦的刺耳破音，所以總是保持沉默。他為湯師承工作已經將近五年。過去經歷並不清楚，但絕對是值得信賴的人。

對湯師承而言，老班是最棒的人選。做為一名司機，他擁有超人的記憶力。對於日期、時間或路線，無需紙筆，只要吩咐過，絕不再問第二遍，也從未失誤。不過，最重要的還是口風緊——不論是乘客或是行程，當然還包括在這緊閉空間中的隻字片語。

畢竟湯師承不是沒有祕密的人。

杜子甄曾經提出疑慮，擔心老班知道的太多，會成為破口，但湯師承對他有十足信心。當然不是沒有原因。他給的是比行情多的薪水，三節獎金也是，加上湯師承不論去哪，都會替老班順手帶上一些名產。以老班殘缺外型、不善言語、毫無社交能力的條件，絕對沒有背叛這份恩賜的道理。

老班的自知之明也讓湯師承對他更加放心。從上班第一天開始，他就謹守特殊默契，絕對不與任何乘客交流，永遠保持沉默與距離。他甘於自己的身分地位，絕不會挑戰權威。如此以最低限度活著的人，最懂得生存，也只要生存。

老班在午夜接到湯師承指令，駕駛臨時租來的車掩人耳目，緩慢駛入補習班後巷。媒體散去的街道，還存在不安氛圍。老班警戒地關上頭燈，沒入夜色，分秒不差抵達約定地點。不出幾秒鐘，他便看見湯師承稍微開啟後門，觀察動靜，然後邁開步伐朝車子快速前進。

老班打好排檔，準備等他上車後迅速駛離。

突然一個人影從黑暗中現身，擋住湯師承去路。

老班認得那個女孩，湯師承都喊她小新。雖然牛仔夾克不是熟悉的裝扮，但沒有什麼能掩蓋她獨有的聲息，和她將頭髮順至耳後的小動作。

嚴新的背影看起來決絕。老班下意識打回空檔，踩死腳煞車，正要下車排解，卻看見湯師承以眼神示意，要他坐回車裡。老班明白，這裡不是安全的地方，在風聲鶴唳的時刻，更不可能邀請嚴新上車。他們只有一條路可以走。

湯師承向後退開，讓出通往補習班後門的路。嚴新沒有猶豫，腳步乾脆，發出冷硬足音。老班看著兩人消失在門後，突然一陣不安。他說不上為什麼——湯師承關門前的神情——他從未見過。

這些女孩子是自找的。老班這樣對自己說。一個好的女孩，不會輕易上車，不會明知道門後只有床，卻一次又一次走進去。車後座的呢喃他聽得太多。在愛情裡，最離奇的藉口，都有它的信徒。所以湯老師的童話，總是找得到聽眾。失敗的戀愛，最好是不張揚。怎麼現在搞得好像，都是別人的錯。他經常感嘆，再也沒有單純的女孩子。她們怎麼可能不知道，渾身恣意的青春，就連呼吸都懾人。可以賣弄，可以揮霍，但自己棄守的東西，沒人會替妳撿回來。

都是自找的。

老班熄滅引擎。無論如何，他的工作本來就包含沉默，還有等待。

＊＊＊

門關上以後，逃生指示燈箱的綠色微光沒能捕捉嚴新。她熟悉地在黑暗中前進，穿過裝滿講義和傳單的紙箱，比湯師承更知道自己要往哪去。

跟著嚴新腳步，湯師承恍然感受，補習班看起來極其陌生。就像他多年前第一次走進這裡。那時候牆上油漆還帶著毛刷紋理，空氣中瀰漫著甲醛味道，桌椅邊角平順地反射著光澤。那時候他一天必須在講臺上站滿八小時，而那些孩子，還只是孩子。

什麼都變了，只有他沒有。當他也是孩子時就是這樣。

眼前的荒謬鬧劇，絕不應追究童希真的脣角笑意，更不是起因於嚴新的親密回眸。一切更早就發生了。最初是想像，既原始又純粹的嚮往，存在於他第一次自淫，又或者再更早。早於他小學時笨拙地臨摹裸女素描，早於他國中時從父親床底下發現花花公子雜誌——那甚至是他的英文啟蒙讀物。這就是他，沒有人教，也不需要。全都是一個頑童的發現。

即便如此，他的所有如常。結婚生子，深耕專業，開拓版圖，只為更好的生存。他從未恣意放縱，也未曾執意追尋。直到有一天赫然發現，慾望不是剛好，機會卻是。過去和未來，每一次的相遇，都是他爭取來的，不偷不搶。在這個喪失想像力的時代，法律將之名為權勢，他卻不明白，因為那其中都是卑躬屈膝。

嚴新肯定看見新聞了，也清楚知道自己掌握的一切，能帶來什麼程度的傷害。湯師承雖然恐懼，但也興奮。因為嚴新為了他，不計凶險來到這裡。在想像之外，肯定有更多無數黑夜，嚴新將他放在心上，念念不忘。湯師承知道，因為嚴新不在的日子裡，他也一樣痛苦。

嚴新在櫃檯邊停下腳步。她的拳頭將書包背帶握成束。在消防設備箱的紅燈照耀下，指節都發白，深蹙的眉心卻紫中帶粉。湯師承懷疑書包裡是否有那份她精心整理的英文筆記。細密字跡，就連文法都有原文標註。名詞子句是 Noun Clauses。倒裝句是 Inversion。另外還有以首字母為分類，再按詞性編排的生字表。他只看過一次就知道，嚴新的世界雖然新，卻沒有曖昧的空間。

他必須說實話。

「你愛過我嗎？」嚴新問。

「當然，我當然愛過。」

「你愛我什麼？」

「因為妳比我勇敢，比我勇敢。妳明明很害怕，卻叫我不要怕。因為妳說夢想的樣子，好像拚了命也要帶我一起。可是我卻每分每秒計較，不可能永遠擁有妳的這件事。我必須每分每秒壓抑不去想，我又錯過了什麼，妳和誰在一起，我該怎麼獨占妳。」湯師承說：「對於一顆貪婪的心，妳是過於廣大的世界。」

嚴新竟然哈哈大笑：「你也對其他女孩這樣說嗎？」

湯師承訝異自己竟然覺得難過，微弱地說：「我沒有對其他人這樣說過。」

「還有誰？哪些女生？」

湯師承說不出話。他在某個點上卡住了。放羊孩子的終極悲劇，不是因為實話失去魔法，而是就連羊群也不再相信自己。

「你也送她們相機？帶她們去那個天井？」

當然還有好多人，可是我只愛妳。她們的身體，還有靈魂，都比不上妳。

「那間旅館，那個房間，那張床，還有多少人？」

沒有別人。

「你也對她們說愛嗎？」嚴新沒有解釋，所以湯師承不可能明白。她的追問不是為了激怒誰，而是還未適應信任消逝的世界：「在別人的童話裡，你也是青蛙王子嗎……。」

湯師承向嚴新伸出手。這不過是失敗的戀情。什麼時候成了罪？妳明明愛過，不該，也沒有資格這樣做。我對妳是真心的。

嚴新卻用力甩開他的手：「你騙我。」

湯師承反射性地抓住嚴新。他沒有印象自己曾經被這樣傷害過。就連童希真都沒有這個本事。沒有人有。傷害是一種支配，嚴新不可以擁有這種權力。

一種堅實的需求在湯師承體內蔓延。他將頭埋進嚴新脖子，貪婪地吸吮。我想要妳。

「我有證據……。」嚴新顫抖地說。

湯師承感覺到臉上溼潤涼意。嚴新不知什麼時候開始流淚。

「我認識律師。我要讓全世界知道，你騙了所有人！」嚴新還在發抖，卻一字一句咬得清楚。

湯師承停下動作。在警醒的一瞬之間，他注意到嚴新身上那件牛仔夾克。他看過。就掛在張正煦的辦公室位置上。難怪這股自卑又廉價的洗衣精香氣。一切合情合理。如果身邊的衛兵夠強，有誰還會擁抱衰老的王子？你他媽的穿著它！

湯師承終於意識到自己的錯誤不是多情，而是浪漫。這段關係的結局只有一種。他早該從童希真案中獲得體悟。一切都是法律，也不是法律。在漫長的訴訟過程中，勝負已分是一種錯覺。證據不是最難的部分，人心才是。

「我愛妳。」他說。

這是認錯。是令人無法拒絕的乞求。

「我愛妳。」他又說一遍，然後攫住嚴新的下體，將她推到桌上。書本與文件散落一地。嚴新說不要。原本已經釐清的真相與謊言，界線又開始模糊。恐懼與慾望也是。接著百褶裙被粗暴地扯掉。她搖搖頭。不可以這樣。

湯師承放慢動作，最後一次說我愛妳。這句話不用回答。因為與妳無關。不論妳願意不願意。我都可以，一次又一次。

嚴新搖搖頭。微弱地。不可以。

湯師承掐住她滲滿冷汗的脖子，興奮地發現自己是樂手。在張弛之間，緊繃的下肢深處，傳來嚴新的震動。

嚴新不再哭了。她想起一則笑話。湯師承對她說，有樹上停著兩隻鳥，一公一母，樹下有隻羊在吃草，沒多久老虎出現把羊給吃了。樹上的公鳥就強暴了母鳥。為什麼？因為母鳥對公鳥說，下面羊死了。又想起一則。為什麼〇〇七要取名為James Bond？因為每次他和龐德女郎翻雲覆雨之後，她們都會舉起大拇指說棒，真是棒！

……老師的笑容很可愛。

但不是對我？

櫃檯上，是誰在擺動那條垂掛的皮帶？那雙被推上肩膀的腿又是誰的？不痛了，但也沒有快感。因為那個女生不是我。牆上時鐘指向十一，或許還趕得上最後那班公車。衣服沒有破就好，鈕釦可以縫，澡可以回家再洗。上次模擬考錯的那幾題，不知道還能問誰？這幾天花太多時間在睡覺，我得趕緊把進度追上。離開前，掉在地上的書得撿起來放好，明天一切如常，就沒有人會發現……老師剛剛確實說了愛。對吧。我沒聽錯。

湯師承喉頭發出半狼的哀號。他緩緩抽開黏膩，搖晃著退去，在一堆破碎間喘息。接著拾起嚴新的書包，伸手進去掏，翻出皮製日記本，幾張照片掉出來。都是他。日記裡什麼都有，票根、收據、行程還有各種祕密，就連那幾張巧克力球的鋁箔紙都細心夾藏著。

肯定還有更多，底片什麼的。

證據不是最難的部分，人心才是。

這個包藏禍心的婊子。

還好，我知道怎麼對付妳。

湯師承將日記本連同一切收進公事包裡，然後翻出一張文件，輕輕放在嚴新身邊。

為了確保她看得清楚，湯師承刻意將正面朝上，露出青綠色標題「臺灣臺北地方法院刑事庭傳票」。文件記載的收件人是「被告湯師承」，當然還有明確的開庭時間與地點，程序事由則寫著「交互詰問」。

嚴新還需要一點時間回過神，但她會讀的。

湯師承一直都很了解她。

第四章　早逝青春

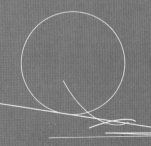

一九九九年（7）

十一月底律師實習期滿的那天，張正煦沒有特別和嚴新聯絡。因為他相信所謂的請客約定，不過是客套。事實上，他已經戒掉對嚴新的想望。自從上次兩人深夜漫步臺北街頭後，張正煦便刻意不再主動傳簡訊給她。並非當晚又有什麼不愉快——正好相反。他們步伐一致，速率均等，就連氣溫都剛剛好，是必須肩靠在一起才能暖和起來的程度。雖然最終什麼也沒有發生。

張正煦心裡明白，氣溫就算再低十度，他也絕對沒有機會。那種感覺很奇怪，他和她，在某個時間點上錯開了。

相遇之初，像放風箏，是探索，也是發現，互動即是意義，有乘風的快樂，也有收放的驚奇，彼此牽引，踏實而滿足的連結。然後，在哪一部分，在什麼時候斷掉的不知道，隔好一陣子才確認走遠的風箏，是風的方向，而不是自己。線已經鬆了，早在你發現以前，而你只能遠遠望著。

至少那是一個溫柔的結束。

張正煦決心維持嚴新刻意保持的距離，也不願再感受好意的敷衍。沒有緣分的關係，必須以一種終極形式存在。是不恣意打擾；是明白沒有洩露想念的必要；是你完全不需要我，我仍堅持守望；是你不知道我在等你，等待也無怨無尤。但如果存在一種可能，使多餘的解釋不狹帶霸道意味，張正煦會找到這宇宙最清淡的語言，對嚴新說，我不是不喜歡你，我只是太討厭自己。

張正煦甚至有一個毫無因果關係的荒謬想法。與嚴新相識的日子，幾乎與實習重疊。那麼實習期滿的那一刻，也理當是告別的起點。不過比起實質意義，這個生涯轉捩點並沒有相稱的隆重儀式。一樣的工作，一樣的會議，一樣的是非勝負。最多就是不再需要打卡，因為正式律師無需記錄上下班時間——用意可想而知。

工作上最大的差別，在於張正煦總算得以律師身分出庭刑事案件。不過杜子甄並沒有那麼簡單放手。尤其是刑事辯護，高度講求經驗與臨場反應，即便像張正煦從頭開始就參與的童希真案，杜子甄依然會親自上場進行交互詰問，畢竟這種敏感又受矚目的案件，對菜鳥而言，面臨的挑戰不僅只有專業而已。

雖然張正煦還沒有那種氣場火候，但他確實在能力範圍內，再次超越了杜子甄的期待。他為了詰問童希真而多次修改的草稿，將「蕩婦抗辯」這個概念，非常細膩並且有層次地埋藏於問題之中。杜子甄起初嚴厲挑剔過幾次，但張正煦越改越好。就連原本霧裡看花的湯師承，也都看出這些問題設計的力量。

開庭前夜，正好是入冬後的第一波寒流，陰雨連綿。事務所前庭落地窗掛滿霧氣，迷濛之中燈火未熄。杜子甄要求張正煦再將問題演練一遍，確認細節無誤。從她分毫計較的審視中，張正煦感受到難得的緊繃壓力。

張正煦離開事務所時已經深夜。他見雨勢並未稍減，寒風刺骨，決定漫步走回租屋處。他沿著和平西路，經過成排樟樹。路燈在枝椏間隙中隨雨灑落，沉重腳步踏過落葉，激起地面冷硬辛香。街上燈火零落，除少數車輛劃過外，死寂靜謐。

張正煦腹中一陣絞痛。他強烈飢餓，卻沒有力氣搜尋熟食攤販。心想家中所餘那碗泡麵足以裹腹。方才的演練已經耗盡全部精力，現在支撐他走回家的，是杜子甄今晚的結語。

「你未來會是一個很棒的律師。」

為此他極端亢奮，充滿自信。承辦童希真案將近半年，所有成果將在明日驗證。他已經完成自己的任務——而且做得不錯。自從接受杜子甄的思維開始，所有工作好像順利進展起來。鬆一口氣的同時，也對律師生涯有了更多憧憬。

張正煦帶著渾身寒意回到忠勤社區。走進零落頹敗的狹窄中庭。風雨在這個半密閉的空間裡威力稍減。取而代之的是溢流水花的詠嘆調。迴旋樓梯的壁燈損壞多時。張正煦摸黑拾級而上，接連踩進好幾處水窪。正當低聲咒罵，他聽見身後一陣碎步回音。

沒有與人互動的力氣，他趕緊掏出鑰匙，手心又是一陣涼意。凍結手指笨拙地轉開鎖頭，清脆響音聽來既孤寂又悲哀。黑暗之中他微笑。無論如何，今天在這裡結束，並不算太差。

直到身後有人輕聲喚他：「張大律師。」

嚴新從迴旋樓梯的末端現身。

「妳怎麼會來這裡？」張正煦困惑地問：「妳怎麼知道這裡？」

「我來還你夾克。」嚴新吐著霧氣微笑，凍僵的嘴脣發白，表情有些不自然。她懷抱著張正煦的牛仔夾克，雙手不住發抖。她穿著單薄的黑色制服外套，顯然難以抵擋一路上的風雨。

張正煦推測嚴新是從事務所尾隨而來，但沒有心思多想。

「妳快進來，外面太冷了。」張正煦接過牛仔夾克，擔心地說：「妳打給我就好了啊，我可以跟妳拿，或者到事務所找我……這件衣服又不急。」張正煦碎碎念著，將燈打開，看見有些凌亂的房間，一時之間不知道該收什麼。他下意識聞起味道，總覺得霉味似乎比前幾天更強，心裡一陣哀鳴。

張正煦倉皇地把巧拼墊上的雜物清開，讓嚴新有位置稍坐。這才發現她的制服外套都溼了。張正煦走向尼龍布衣櫥說：「妳把外套脫了，我給妳一件厚衣服披著，不然會著涼。」

張正煦打開衣櫥，在糾結散亂的衣物堆中搜尋未果，都是內衣內褲。他尷尬地看向角落爆炸的髒衣簍：「最近工作太忙……。」

「沒關係，我這樣就好。」嚴新脫下外套，露出底下暗灰色毛背心與綠色制服，雙手環抱起膝蓋維持溫度：「你今天工作到好晚。」

「嗯，明天要交互詰問，多花了一點時間準備。」張正煦在床上撿了一條毯子，甩起來又拍了拍，確認看起來乾淨，趕緊拿給嚴新：「這個妳先披著。」

「什麼是交互詰問？」

「就是妳在電視上看到的那種啊，檢察官和律師輪流問證人，確認事實經過，測試證人有沒有說謊。」張正煦按下熱水壺，通電後發出水流鼓動的細響：「我有茶包，喝一點熱的？」

嚴新點點頭。毯子似乎發揮作用，她臉上稍微恢復血色：「是什麼案子？」

張正煦停下手邊動作，想了一下，決定有所保留：「普通案子……竊盜啦，不是什麼了不起的事情。我也只是在旁邊看而已，老闆會自己上場。」

「你實習結束了？」

「嗯，上禮拜。」

「不是要請我吃飯？」

張正煦端起茶杯，暖流通過冰冷手指，竟有些發麻：「我覺得我一直在煩妳，妳後來也沒再提起，我想說……怕妳之前只是客套，所以就……」

「別想用熱茶打發我。」嚴新捧著茶杯，露出嫌惡表情：「而且還這麼難喝。」

張正煦露出笑容。他在嚴新對面坐下，看著裹著毯子的她，髮絲還有些微水氣，感覺和自己一樣疲憊。這樣很好。就算她的主動出現始終帶著離奇意味，能在這樣的夜裡，見到她，在這裡，坐在彼此身邊，什麼都不合理張正煦都會接受。

「那個人，是無辜的嗎？」嚴新問。

「那個人？」

「明天的竊盜案子。」

「喔對，那個竊盜……。」張正煦明知是虛構，卻忍不住想起湯師承。他希望表現體面高尚，只能讓答案短得不令人起疑：「對，我想他是無辜的。」

「你會幫壞人打官司嗎？」

「律師不是這樣看事情的。無罪推定……任何人在被證明有罪以前，應該被推定為無罪。這是最基本的人權，不管什麼人都應該受到保障。」張正煦試著簡單解釋，然後想起杜子甄的帥氣神情：「我相信這就是法律的價值。在法庭上，真理越辯越明。律師如果不能窮盡一切手段挑戰真相，那麼即便正義獲勝了，也只是剛好而已。對吧？」

嚴新看著張正煦突然認真的模樣，笑了起來：「你為什麼想當律師？」

張正煦被問過幾次這個問題，每次回答也都大同小異，但今晚有一點不同，因為他已經很久沒有反問過自己，也因為，是嚴新問的。

「你想聽實話還謊話？」

「你自己決定。」

「我填志願的時候，中正法律系是第七十二順位。前面填了很多超越落點預測的學系，像是外文、企管、會計，當然也有法律。總之，能容易找到工作的科系我都填。法律從來不是首要目標。一直到放榜前，我都沒有想像過自己當律師的模樣。

「在小學的時候，班上有位同學被霸凌。他經常被打、被捉弄，做什麼都被取笑。身材人高馬大，長相醜又超齡，說他是國中生也會有人相信吧，或許就是因為這樣才被欺負。不論別人怎麼欺負他，他總是沉默。我沒能做什麼，只是盯著他，期待他反擊，但是漸漸地，他的沉默對一個孩子來說太過刺人，我只能別過頭去，卻沒辦法阻止耳朵聽見那些霸凌的聲音，還有他在痛苦之中發出的，咕嚕咕嚕的喉音。好幾次我想大喊停止，好幾次，不安與焦慮幾乎讓我窒息……但同班兩年，我最終什麼都沒有做。有時候我甚至覺得，是不是因為我什麼都沒有做，他最後才會那樣子傷人。

「進入法律系以後，開始接觸各種案例，我赫然發現那個孩子還沒有死去。那個想要大喊停止的，什麼也不懂的孩子。他活著，而且還在生長。雖然學習法律是一次意外，但後來我回想，或許只有法律，能讓那個孩子正確地長大。

「法學院裡我遇到很多那樣的孩子……不過人是會變的喔。我在國家考試的過程中失去了很多朋友。在極端的環境裡，唯有最原始的東西會存活下來。有人說他一定要考上法官，然後實任以後立刻退下來當律師，因為一般人更喜歡有法院實務經驗的律師，容易賺大錢。也有人說受不了階層關係，只想當律師，未來要主打冤獄，或許從政，把法律修得更好。有的人最後加入NGO，成天打著環境訴訟，什麼收入也沒有，心靈富足也憤世嫉俗。我還認識一個阿美族的，說他畢生願望就是吃公家飯，但不希望被人管，也不想管別人，更不想花時間考試，所以就主攻事務單純的公設辯護人。

「你知道，這個圈子裡，什麼人都有。我經常也會想，自己要的是什麼。這個世界或許不是別人說的那樣，但大概也不是自己想的那樣……除非我變得更強。有一天，我真的希望，那個孩子可以不再吶喊，而是開心地、真心地笑。因為他知道什麼是對的，然後擁有力量改變這個世界。」張正煦說完，尷尬傻笑。

嚴新沒有笑意。不管這是不是謊言，她都接受。誰不嚮往公正世界，但很少有人可以找到深信不疑的夥伴。手上的茶雖然涼了，但身體正在回溫。有種奇怪的感覺，她是因為張正煦的思念才存在。雖然荒謬，但很安心。

「聽起來像是童話世界。」嚴新這次不是在挖苦：「太美好了。」

「如果可以變成真的，童話世界沒什麼不好呀。」張正煦理直氣壯地說。

「我昨天做了一個夢。夢到我未來會有兩個孩子，一個哥哥一個妹妹……」嚴新自顧自說起來：「我每天晚上會抱著兩個孩子睡覺，用最香的被窩把他們包起來，親他們肥嫩的臉頰，聞他們脖子的奶香，懷抱他們微小而確實的存在。

「光是看著他們的肥短指頭，在我手心柔軟舒張，我就會開始掉眼淚。調皮搗蛋被我罵的時候，我會跟他們一起哭。他們笑，我快樂地哭。他們受傷，我難過地哭。無理取鬧的時候，我珍惜地哭。各種不同的淚水，卻只有一種原因，因為他們存在。所以在他們能夠理解話語的第一秒開始，我就傾全力在他們耳邊說，你們是在期待裡出生的孩子，將永遠被我愛著。

「在夢裡，我是一名英文老師，可是最喜歡的是攝影。終於有一天我再也受不了那些愚蠢的考試還有文法。我帶著全套的攝影設備，進入尼泊爾中北部的安娜布爾納（Annapurna）保護區，再往東走，最後抵達薩加瑪塔（Sagarmatha）山脈區域。我搭乘一臺沒有雷達導航的小飛機，飛越不知名群山，降落在世界上最危險的機場，一個叫做盧克拉（Lukla）的小鎮。

「我不顧夏爾帕人（Sherpa）的警告，獨自向薩加瑪塔峰前進。在海拔一萬八千英呎的地方，俯瞰雪谷，找尋雪豹的蹤跡。為什麼是雪豹我也不清楚。或許跟雪豹無關，是我自己想成為雪豹。我不知道。探索本身就是意義，我無比快樂。只是經過好幾天的追尋，一無所獲。晒傷的臉開始脫皮，我失去了人樣。胸膛像是被一雙巨手搓揉壓制，呼吸困難。我想起身繼續走，骨盆與下肢卻傳來撕裂般疼痛。

「然後我看見了。在我死前。我看見雪豹，雪山的王者，喜瑪拉雅的幽靈，在灰白天地間，柔軟地走過銳利山稜，劃開一道雲霧。然後我就死了，但殺死我的不是雪豹，不是山，而是雪。我死在一場人類沒有經歷過的雪崩，或者就算曾經有，也是無人得以倖存見證的災難。

「夢的最後，是死前那刻，在雪白真空裡，我的兩個孩子抓住我的手。有人說，天使會以子女的面目出現。那個時候，我們會知道我們可以安心，我們應該接受。」

張正煦著迷地看著嚴新說話的模樣。她沒有悲傷，也沒有痛苦。沒有過去，也沒有未來。好像那不是一場夢，而是她的真實人生。在那個當下，她不再是高中生，而是那樣的一名母親、攝影師或拓荒者，奮不顧身地深入無人險境，好像，她真的將以那種方式死去。

窗外的雨停了。氣溫還在下降。張正煦發現自己在發抖，可能是因為寒意，可能是因為飢餓，可能是害怕那份嚴新寬賜的親密夢境，也可能是因為全身的血液只剩一處還在凶猛流動。

他極力抵抗著。

直到嚴新問，你可以把燈關上嗎？

就著湛藍月光，張正煦笨拙地摸索床沿，但嚴新捉住他的手，將毯子圍住彼此。那是張正煦的初吻，是嗅覺與味覺的混亂。嚴新的舌頰有甘蔗的清甜，鼻息有醇厚的暖意，或者兩者相反，或者兩者皆然。

嚴新拉開毛衣，讓他伸進去。他冰冷的指尖，捏開帶著溫度的制服扣子，卻在碰觸肌膚之前，猶豫不決。嚴新用雙臂夾住他的手掌，因為乳房受涼而驚嘆，接著大笑起來。張正煦嘴角上揚，卻沒有笑出聲。他在喘息，在回溫，在將自己的一切融化，以便毫無保留地倒進月光下那片牛奶海洋。閉上眼睛，薩加瑪塔峰的孤絕風景彷彿是上輩子的事情。寂寞與想念是，死亡與痛苦也是。

嚴新倒向他，解開襯衫，解開皮帶。張正煦害怕起來。他沒有做過。他極端飢餓，胃液咕嚕咕嚕地攪動。嚴新又笑了。張正煦突然覺得無助，因為她的笑聲好遙遠，像是天山空谷的回音，帶著睥睨的洞察，老練又致命。

張正煦想起雪豹還有死亡。白皙的乳房，光滑的小腹，細藏的指爪，踏著絕美的步伐，支配世界最高的山峰。而他只是兔或鼠，為口腹之慾苟活，既卑鄙又孱弱。死亡與幸福感那麼接近。可是嚴新不會死，他也不會。他們會活下來，活過這一秒，再一秒，下一秒。活過今晚。活在原始的豐盛祭典中，活在殘暴的滿溢生命裡。

然後雪崩了。嚴新縮成一塊，將張正煦完全包覆。慘白肌膚滲出汗粒，很快地招惹寒意。激情在喘息間急速散去。張正煦還不願鬆手，像是唯一的倖存者，緊緊抱著已死的嚴新，巴望體熱能夠維持懸線美夢。如果可以，他願意死去的是自己，因為剛剛發生的一切，已經是救贖。

嚴新越縮越小，冷得發抖。張正煦拉來棉被，深怕她像溫度一樣四散。雨又開始下了，滴答滴答將夜推進深淵裡，緩慢而拖沓。張正煦靠著嚴新的頭，捕捉不到她應有的，專屬女高中生的體香。都被這長夜和風雨抹去了。他靠得更近，因為只要多離半吋，嚴新就要消失在棉被的異味、家具的霉味，還有廁所的管線味裡。床頭那包香水面紙，已經很久很久不再散發香氣。張正煦想著，明天早上，我要再向她要一包。

嚴新鼻息漸漸緩和均勻。張正煦今晚第一次感到放鬆，或許就是因為這樣，他的聲音聽起來傻傻的，乾乾的。

「聽說臺北市政府今年跨年有晚會……我們一起去好不好？」

嚴新點點頭。

＊＊＊

張正煦再醒來時已經是早上。莫約七點的金黃晨光，傾斜角度正好透過窗戶，灑落在棉被上。張正煦聽見熱水壺鼓動的聲音，睜開眼只見滿室氤氳。嚴新套著牛仔夾克，坐在床邊擦拭頭髮。她看起來剛洗完澡，紅潤臉頰還有微微蒸氣。她說我快餓死了，可是只找到泡麵。

張正煦笑說，還有茶包。

嚴新鑽進被窩，說我們今天就待在這裡，看誰先餓死。

張正煦說我今天要交互詰問……。

嚴新用柔軟的嘴脣阻止張正煦再說。她敞開牛仔夾克，裡面什麼也沒有。張正煦覺得自己快被暴漲的慾望撐破。

暴漲的。

撐破。

張正煦醒了。沒有金黃晨光。雨還在下。

包裹著尿意，慾望也還在。

嚴新不在了。

她在桌上留下一張照片。

那是她在球場上的自拍照。背景裡的張正煦準備投球，颯爽當風。失焦的嚴新笑容雖然模糊，但無比真誠。

＊＊＊

張正煦經過臺北地方法院正門，看見階梯上已經架滿攝影機。他按照杜子甄的簡訊指示，避開正門，從重慶南路一段一二六巷的側門進入法院。他沒有走向律師休息室，反而先到廁所檢視儀容，確認今晨匆忙洗好的頭髮平整服貼，草率刮除的鬍碴乾淨自然，喜悅飄然的心沒有人察覺。

他看看手錶，與杜律師約定時間還有五分鐘。躲進廁間，用手機反覆修改要傳給嚴新的簡訊。哈囉太輕浮，早安很疏離，我想妳聽來別有用意，謝謝有點莫名其妙。張正煦追崇邏輯的靈魂，顯然無法處理未被定義的關係。他在法院的馬桶上堅持到最後一秒，還是未能送出隻字片語。不過沒關係，他打算開完庭向杜子甄請假。今天還有很多時間可以約嚴新。

張正煦腳步輕盈地走進律師休息室，發現杜子甄已經換好律師袍在等。他連忙道歉，然後想起自己的律師袍遺忘在辦公室的衣掛上。趕緊向休息室的員工借來備用袍，不過只剩超大號尺寸，搭配他矮小偏窄的身材，專業與滑稽就在一道幽微界線之間。

杜子甄冷眼看著他愚拙的模樣，嘆口氣說走吧，把資料帶著。

湯師承已經在法庭外等候，司機老班站在他身邊。兩人剛從媒體堵麥的追逐中存活下來。湯師承抱怨法院側門也站了記者。杜子甄說別擔心，法院建物內部不允許媒體採訪拍攝，等等開完庭，請司機先開車到門外等候，確保離開的最短路徑。

湯師承點點頭，露出招牌微笑：「杜律師，我們今天讓年輕人發揮一下怎麼樣？」

「他？」杜子甄指向張正煦，半開玩笑地說：「還不夠火候啦。」
「今天的策略，不就是他想的嗎？」
「想是一回事，交互詰問沒那麼簡──」
「我覺得他挺好的。」湯師承打斷杜子甄的話：「就這樣決定了。」
「湯先生，今天的程序非常重要，如果──」
「我們都年輕過，不是嗎？」湯師承不允許杜子甄反對，緩緩地看向張正煦，眼神給予最大信任：「小張，我就交給你了。好好表現。」
張正煦沒有應答，現實世界以一種古怪的方式重回他的感知。湯師承的信任令他意外暖心。是啊，當然，今天是童希真案的交互詰問。這個案子他從一開始就全心投入，雖然有懷疑，有掙扎，但是都熬過來了。那些預擬的問題，是翻閱無數判例得出的心法，是日夜鑽研的苦工，也是寒窗多年的累積。全是功夫，所以絕對沒問題。一切就像做夢，他馬上就要證明自己已可以是一流的律師。
湯師承邁開步伐，走進法庭。張正煦才要跟上，就被杜子甄拉住。她用手理理張正煦的領帶，拍去襯衫上灰塵。她在面試時就看出，張正煦不是那種為了辯駁而辯駁的律師。他懂得首尾一致論述的力量。所以杜子甄從來沒有懷疑過他的能力。

五個多月的相處時間不長不短，正好是眼前這個大男孩人生中最尷尬的時光。她也有過那種偏執的驕傲，所以珍惜。不過張正煦終究不是她。除了驕傲，張正煦身上保有一種極其安全，又極端危險的特質。不全然是道德良心或慈悲仁愛，是比那個更廣大柔軟，但也更脆弱的東西。杜子甄尚無法具體描述，但知道自己必須做點什麼。

杜子甄直視著張正煦的眼睛，久到他足以確認這段話不是警告，也不是責備，而是一項預知，一種預防，然後她才輕聲地說：「每位律師，都在等待一戰成名的那刻……即使會有人因此受傷，但不要忘記，你是為什麼而戰。」

張正煦微笑。他早就準備好了。

＊　＊　＊

張正煦在律師席坐定後，環顧四周。旁聽席此時已經幾乎坐滿。前所未聞的性侵案件公開審理，又是引人遐思的師生戀情節，除了記者外也吸引了許多看熱鬧的民眾。

這是張正煦生涯第一次刑事辯護。他忘記不合身法袍的尷尬，挺起胸膛面對檢察官。他無需低頭複習筆記。因為頁紙裡全是再熟悉不過的東西。除了文字，還有圖像，都烙印在腦海裡。他想起嚴新，齒頰還有那道清甜。昨夜的一切，彷彿是勝利前奏。面對未知戰場，他極其興奮，也極其安心，因為知道有人在等他。他的努力終獲報償。原來這就是成功的感覺。

三名法官落座後，審判長宣讀程序事項：「本件八十八年度北侵訴字第三一六號案件，今次按照告訴人請求，採公開審理。本日程序是調查證據，將由告訴人轉作證人，接受檢辯雙方交互詰問。」審判長似乎為了旁聽民眾，而再補充說明：「為保護證人身分隱私，她得全程於祕密證人室中應訊。此外，本庭雖然有準備變音設備，但證人要求關閉，所以尊重她的意見，以原聲作證。」

這個決定雖然又是意外，但合情合理。童希真要以原聲呈現，就是為了傳達最真實的情緒。沒有了臉，聲音就是最赤裸的武器。張正煦馬上聽見童希真的一聲喟嘆，從不知安置在何處的音箱中傳出來。毫無防備的他感到錯愕。因為稍微加強的音量，顆粒粗糙的音質，還有失真的空間感，讓童希真聽起來比起現場的任何一個人都還要靠近自己。

轉為證人的童希真，按法定程序，先由檢察官主詰問，再由辯護人反詰問。做為控訴方，檢察官的提問內容不難預測。他會針對起訴書中所寫的被害經過發問，藉由童希真自己說出來，轉為筆錄，便是合法的證據，也是本案唯一的人證。

檢察官起身，望著祕密證人室的方向，發現沒有適當的目光焦點，才轉過臉看向別處。他刻意的停頓，令在場所有人屏息。在像是悲憫的一瞥之後，他開始發問，聲音清楚懇切：「證人，可否請妳詳述被告第一次強迫妳性交的情形？」

「民國八十七年四月二十七日晚上九點，補習班放學以後，老師說要為我檢討考卷，大約是九點半。」童希真的聲音，讓人想起那塊人類送往宇宙深處的鍍金鋁板，冷硬、公正又帶著孤寂意味，不僅在傳達訊息，也在確認自己的存在——即使那份存在如此不安，如此脆弱：「他要我去辦公室，我們坐在他的沙發上，他說先聊一下，問我最近學校的事，還有家裡的事……因為我之前有跟他說過，最近和好朋友吵架，心情不好，我以為他關心我。可是後來他靠得很近，越來越近，手放在我的大腿上，然後摸我。我移動位置，想要離開他一點，他就突然從後面把我抱住，叫我不要害怕，說他很喜歡我……。

「我們僵持了一下。他繼續說話，說我很聰明，他願意幫我，他在大學認識很多人，可以幫我寫推薦信。他的手漸漸移向我的胸部，一開始隔著制服，後來把衣服撐開，手就伸進去。我一直縮著身體……可是他……用身體緊靠住我，壓住我……叫我不要害怕，說他很喜歡我，會好好照顧我。然後……。

「然後他就開始扯我的衣服……」

童希真的聲音戛然而止，只剩音箱白噪音充斥法庭。

檢察官等待著，必須給她一點空間。其實，稍微混亂示弱不是壞事，但她必須自己說出全部事實。不能暗示，不能誘導。她必須說出那最關鍵的幾個字……

「然後他強暴我。」

「妳所謂的強暴，是什麼意思？」檢察官必須追問，因為證詞不能有模糊空間。

「他用他那邊，插進我的下體。」

「他那邊，是指生殖器嗎？」

「是。」

檢察官暗自鬆了一口氣。他接著繼續詢問第二次、第三次，還有往後更多次的事實細節。童希真一次又一次回想，耐心配合書記官繕打的速度，細節與起訴書完全吻合。這並不意外，但也不容易。不過童希真的努力並沒有白費。她親口說出的被害故事，顯然已經在旁聽席中產生效果。不時有敵意眼光朝著湯師承望去。

「被告對妳做了這些事之後，妳的身心狀況如何？是否有就醫服藥的紀錄？」這是檢察官的最後一個問題。

「我沒辦法專心，很累，但睡不著，沒辦法念書，常常覺得恐懼，不知道為什麼一直掉眼淚。後來在高三上學期被診斷出有憂鬱症，伴隨輕微解離性失憶，醫生說要服藥、定期追蹤。

可是我真的沒辦法……只好休學。到現在還在治療。還沒有辦法，回去學校……。」童希真的最後證詞說得緩慢，為整段折磨回憶留下深刻註解。

主詰問結束後，一股嫌惡的氣氛瀰漫在法庭內。

張正煦告訴自己，這些都是預料中事。童希真的語調高冷，情緒克制，自己被侵犯，說起來卻像是別人的事，所以她不是典型的被害人。這點對我們有利。要利用這點。在今天之前的所有準備，都是以此為基礎。事態發展都在掌控之中。

張正煦站起來，默默地吸了一口氣，然後拋出第一個問題：「請問證人，妳平常都穿什麼衣服去補習班上課？」

「通常放學就直接去，所以都是穿學校制服。」

「我這邊有幾張照片，想請妳確認一下，照片裡的人是不是妳？」

張正煦拿出三份照片，交由庭務員轉交法官以及檢察官，並送了一份進入祕密證人室。

三位法官開始互相傳閱。這組照片大約十來張。場景是中山女高的校慶園遊會。影中人物有男有女，穿著不同校的制服。他們在攤位前叫賣，在追逐，在奔跑，互相擁抱，親暱嬉鬧。有幾張衣物溼透，顯然剛打完水仗。所有學生的臉部都被塗去，但最搶眼的只有一人。她的百褶裙特別短，大腿根部若隱若現，裙襬就在內褲邊緣，還故意將制服下襬紮起來，露出平滑的小腹與可愛肚臍。鈕釦從第三顆以上全部敞開，看得見小巧飽滿的乳溝，還有黑色襯衣蕾絲邊。

這些照片是湯師承從某位學生處取得。他熟知童希真的作風，所以沒有花太多力氣就打聽到與她交好的幾名男學生。然後再花點小錢。一切合法。

「你怎麼有這些照片？」

「請妳回答問題，照片中的那個露出乳溝和肚臍的女生是不是妳？」

「是。」

「這是妳平常穿的制服嗎？」

「是，可是我平常不會那樣穿。」

「四月二十七日，妳指稱被告強姦妳的那天晚上，也是穿這套制服嗎？」

張正煦把其中一張照片高舉過肩。照片裡的童希真與一名建中男學生頭靠著頭，嘴裡都含著吸管，喝同一杯飲料。稍微俯視的角度，讓她的乳溝更為明顯。

「我平時不會這樣穿，你不能拿這張照——」

「請妳回答，妳指稱被告強姦妳那天晚上，也是穿這套制服嗎？」張正煦打斷童希真，繼續追問：「領口有點低，不是嗎？」

「異議！告訴人的衣物與穿著與本案無關。」檢察官大聲抗議。

審判長望向張正煦，等待解釋。

這是張正煦第一次被異議。為此他演練過很多遍。慢半拍的反應雖然難掩青澀，但是依舊鏗鏘有力：「庭上……反詰問本來就是在挑戰證人的憑信性，我們還在建立前提事實。」

所謂憑信性就是可信程度。交互詰問制度的目的在發現真實，攻擊證人的可信度是反方常用的技巧。「蕩婦抗辯」的第一步，就是要建立童希真外放不羈的形象。這就是張正煦所謂的前提事實。他沒說破，但意圖已經很明顯。不過他有信心，在交互詰問的開端，法官不會貿然中斷還未成形的辯護。

「異議駁回。」審判長不帶情緒地說：「辯護人，請盡快進入詰問核心。」

策略奏效。張正煦下意識看向杜子甄。她微微點頭，表示最大肯定。

如果可以，張正煦肯定會放聲大笑。他壓抑得意心情，行動同時大膽起來。他再次將照片高舉，面向旁聽群眾，以稍微嚴厲的語調說：「證人，請妳回答，妳指稱被告強姦妳的那天晚上，是不是穿著這套制服？」

「是。」童希真必須回答事實。

張正煦不需要再問。他知道那天晚上，童希真不會像園遊會那樣捲起衣服，但不重要，只要有可能就足夠。這招是向杜子甄學的。在法庭上，想像力的傷害，比事實更強。

他走回辯護席，輕輕放下照片，正準備進行下一步，眼角瞥見法庭的門被打開。

小新？

嚴新輕聲關上門，正在觀察環境，就看見舞臺上的主角。

張正煦怔在原地。小新怎麼知道我在這？她為什麼來？是來看我的嗎？有那麼半刻，他好像又再度嘗到前夜的勝利滋味，但馬上想起自己的白色謊言，還有即將登場的詰問戲碼。豐盛的思緒出現裂縫。

嚴新先是困惑，然後恐懼。她確認手上傳票，時間與地點都正確，再度抬起頭搜尋，很快地就和湯師承四目對接。那拘謹的漠然，像是支冰冷的利刺穿透她的心。

嚴新低下頭，知道自己沒有來錯。

這是法庭，所有人都在應當的位置。

那麼張正煦為什麼在這裡？

法警走向嚴新，揮手示意角落還有一個空位，催促她儘快輕聲入座。

張正煦別過頭。強烈的直覺使他相信嚴新不是為了自己而來，因為她看起來極其意外，盡是疏離。她的出現有很多種可能，但是此時沒辦法細想。等一切結束，再向她好好解釋吧。關於昨夜、謊言還有自己。

張正煦假裝清清喉嚨，爭取時間重整思緒，接著問：「請問在事發之前，老師有送過妳禮物嗎？」

「有。」

「他送過什麼禮物？」

童希真沒有回答。

「他有沒有送過妳ＣＤ隨身聽、Swatch手錶？還有……。」

嚴新茫然地看著張正煦。幾秒鐘之內，她就明白張正煦的角色，和他正在做的事情。她奇異地想著，童希真要回答什麼禮物都可以，就是不要有相機好不好……。

「還有相機？」張正煦早就知道禮物清單，但他故意表現得不小心猜到似地。

「有。」

旁聽席的群眾開始議論紛紛。

「妳覺得一個學生應該收這樣的禮物嗎？」張正煦的語氣乾硬冰冷：「為什麼老師要送妳這些東西？」

音箱傳出某種摩擦聲，乍聽之下像是訊號干擾，但幾次之後漸漸清楚。那是童希真的鼻息，還有——出於不明原因——她在不停轉換著自己的姿勢。

「是不是妳向他要的？」張正煦催促答案。

「我沒有。」童希真的聲音細微顫抖：「是老師說他愛我，他想要支持我的夢想……我沒有跟他要。」

當然是這樣。

嚴新突然腹部緊縮，是一股難以壓抑的笑意。

張正煦點點頭。

當然是這樣。

放浪不羈是前提。物質享受就是動機。

該往下一階段前進了。

「那天晚上，妳進入老師辦公室的時候，只有你們兩個人，對嗎？」張正煦問。

「是。」

「妳說老師告訴妳要個別輔導，是嗎？」

「是。」

「妳曾經聽說，老師對其他同學進行個別輔導嗎？」

「沒有。」

「所以妳不覺得有點奇怪？」

「因為是老師叫我去……。」

「還是因為妳很習慣和男生獨處一室？」

「異議！」檢察官嚴厲反駁：「未建立前提事實！」

審判長思索，這個問題確實遊走在邊緣：「張律師，請你注意你的問題。」

張正煦點點頭表示接受。這個問題的用意不在答案。問題本身即是目的：強化童希真性開放的形象。他繼續向目標推進：「那天晚上，老師有使用言語恐嚇妳嗎？」

「沒有。」

「他有沒有使用暴力讓妳無法反抗？」

「沒有……。」

「那妳知道老師有老婆嗎？」

「知道……。」

「好，讓我們來釐清一下當場的情形。」張正煦露出仔細推敲的表情：「妳明明知道老師有老婆，但是當老師對妳提出不尋常的邀約，要求兩人獨處一室，妳卻沒有覺得奇怪，甚至答應……而當老師開始碰妳的時候，既沒有使用言語恐嚇，也沒有用暴力讓妳無法反抗，但是妳卻沒有走，是這樣嗎？」

這個問題，全部由已經建立的事實所組成，更巧妙淡化「是否反抗」的論理脈絡。因為修法之後，反抗不再是重點，只要意志自由，責任就在瞬間倒轉。最後，張正煦只要一點點提示，任務就完美達成：「是不是因為老師送妳很多東西，妳也喜歡老師，所以不排斥和老師發生關係？」

童希真選擇沉默，但音箱卻暴露祕密，以一種悲哀的刮擦聲回應法庭。那是抹去眼淚的高傲忍耐，是吞嚥鼻水的無聲堅持。單面鏡盡責地維護她最後的尊嚴，卻不能阻擋那些別具意味的表情反向滲透。

放浪不羈是前提。物質享受是動機。性愛就是兩情相悅的結果。

張正煦等待著童希真的答案。這段不知盡頭在哪的沉默，令他獲得一個空檔。雖然不夠長到讓他反思自己的存在，卻足以讓嚴新的淚眼映入餘光。

為什麼她在哭？

嚴新從張正煦的困惑表情，意識到自己臉頰溼透，趕緊低下頭。奇怪的是，她心裡沒有難過情緒。什麼也沒有，空空的。張正煦的問題，她都願意回答，甚至釐清了一些原本自己想不透的疑惑。她唯一在意的是，希望坐在祕密證人室裡的是自己。如此一來，她才是那個被愛過的正貨，而不是廉價複製的贗品。

張正煦怔怔望著嚴新。這個決定性的瞬間，是張正煦人生中最清明的時刻，也是往後二十年混亂的開端。他擁有全部線索：嚴新在超鐸補習班上課、她的高貴相機、不合理的迴避、神祕的失戀……難怪昨晚嚴新問，交互詰問是什麼？這些不具內在關連的片段，如今有了全新的敘事意義。張正煦將目光從嚴新緩緩地移向湯師承。這些都只是猜想，除非——

湯師承對著他微笑，聳聳肩。像個犯錯的孩子。抱歉，也只能這樣了。

更多細節湧入張正煦的思緒。關於童希真，關於湯師承，也關於嚴新。

所以今天派我上場？

一股寒意竄流全身。張正煦知道接下來會發生什麼事。

這是背叛。

雙重背叛。

「張律師，還有問題嗎？」審判長不耐地催促。

張正煦不知道自己停頓了多久，只覺得胸口燥熱，耳朵火辣，腦袋嗡嗡作響。不合身的法袍好像突然小了一號，在胸口縮成一團，令他呼吸困難。

他轉身背對旁聽席，卻從單面鏡上看見自己扭曲的五官，正承受所有的目光反射。恍惚之中，他再不說點什麼，現實的刻度就要消失。他必須回到法庭裡，回到程序裡，回到那個偉大的辯護策略裡。這必須是律師生涯的轉捩點，所以他幾乎用吼地問：「請問證人，妳強暴以後，有什麼感覺？」

「異議！羞辱證人！」檢察官再度起身，神情憤怒。

「異議成立。」審判長終於失去耐心：「張律師，這是最後一次警告。請你尊重法庭，將問題聚焦在待證事實上！」

張正煦踉蹌走回被告席。法袍歪斜，幾乎要將他壓垮。抓起桌上筆記，卻無法理解隻字片語。他假裝翻找關鍵字句，企圖掩飾全面迷失的心智。

為什麼嚴新在這？她和湯師承有什麼關係？師生戀還是權勢性交？兩情相悅或者不能抗拒？我明明知道，這些女孩，都是被害人。

張大律師，不是每件事都可以用法律解決，好嗎？

錯了，所有的事情都可以用法律解決。對吧？

不對。

這是背叛。

雙重背叛。

啪！杜子甄壓住張正煦顫抖的雙手，阻止無意義的翻找。

「你是為了更崇高的理念而戰。不要忘記……。」杜子甄目光凌厲，在張正煦紛亂的視線中橫行無阻：「你是一名律師。」

律師？律師的程序意義？程序的程序意義？還有法官與檢察官……我們在做什麼？發現真相、實現正義？是誰說過禁得起檢驗的東西，才有被稱為真相的價值？所以真相不真相，正義就不正義。如果律師不能窮盡一切手段挑戰真相，那麼即便正義獲勝了，也只是湊巧而已。

我是律師。

而童希真不是典型的被害人。

嚴新也不是。

因為昨晚，她，不是第一次。

不是典型的被害人。

就不是被害人……。

張正煦表情變得冷酷，鬆開手中筆記。本來就不需要。他轉向雙面鏡，將嚴新留在身後：

「請問證人，事發的隔天，妳是否正常上學？」

嚴新點頭。她想對張正煦說實話。

「妳是否繼續在被告的補習班補習，長達一年半？」

嚴新點頭。她必須對自己說實話。

「所以妳被多次強姦以後，依然照常上學、上課，和老師見面，又參加園遊會、露出肚臍還有乳溝，和男生嬉鬧，還喝同一杯飲料……直到兩年後，才發覺事情怪怪的嗎？」

旁聽席裡面有人笑。嚴新無法肯定是不是自己。因為那股難以壓抑的笑意又回來了。

雖然她流眼淚。但她沒有哭。

音箱不會騙人。那個在哭的人是童希真：「他說他愛我。他說雖然做那件事很噁心，但是我不需要害怕，因為這是童話的祕密……。」

「女生要蛻變，必須接受王子的吻……。」童希真用最後力氣守住尊嚴，顫抖地說：「他說他是青蛙王子……。」

「呵呵呵，」張正煦俏皮地笑起來，做出不可思議的表情：「所以妳因為相信童話故事，就決定和青蛙上床？」

旁聽席爆出一陣巨大笑聲。大家跟著張正煦笑了。

嚴新張著嘴，咿咿呀呀，一起笑。

聽起來像是一個童話世界。太美好了。

張正煦律師理直氣壯地說，如果可以變成真的，童話世界沒什麼不好呀。

就和青蛙上床吧——

哈哈哈哈，一起笑吧。哈哈哈哈。

「呀啊啊啊啊！」童希真突然尖叫，劃破空氣。

所有人背脊猛然緊縮，望向祕密證人室。笑意全失。

碰！單面鏡劇烈搖晃。童希真的手掌緊貼鏡面，掌紋幾乎可見。

碰！又一聲、兩聲、三聲……童希真發狂似地拍打單面鏡，尖叫著像是要穿越惡牢，如厲鬼索命而來。鏡裡的世界正在變形，人影扭曲，臉孔張狂，呲牙裂嘴。

「呀啊啊啊啊……。」音箱繼續爆出她的淒厲哭號，反饋廉價而破碎。

有人摀住耳朵，有人閉上眼。

法官用力敲擊法搥，宣布休庭，命令所有人離席。

眾聲喧嘩之中。

嚴新的世界，卻很安靜。

她聽不見自己的聲音。

所以只能大聲笑。

用力哭。

呵呵。就和青蛙上床吧——

嚴新鬆開手上傳票，落到地上。有好幾個今早才練習寫的湯師承名字，順著淚水圈圈暈開，漸漸模糊。

眾聲喧嘩，又哭又笑。

勝利了。張正煦。勝利了！

他孤立法庭之上，沐浴在血腥的洗禮之中。

二〇一九年（7）

杜子甄有時候會想，假如那天是她自己上場，結果是否會一樣？

絕對不會。

所以當時她選擇不挽留張正煦。

杜子甄當然注意到了嚴新，因此在開庭後，衝進男廁給了湯師承一巴掌。

那是她職業生涯裡，第一次——也是最後一次，以女人的身分。

她沒有問細節，因為她有過人直覺，還有人性底線。

只是有時候還是會想，那個女孩後來怎麼了？

前次私下密會後，杜子甄刻意間隔一個禮拜才再度聯繫張正煦。她確信這段時間足夠讓張正煦沉澱，慎重思考和解提議。就算張正煦不明白箇中苦心，應該還是懂得當事人最佳利益，以及雙方各退一步的道理，並做出一名殷實律師應有的明智選擇。

雙方很快敲定正式討論和解的日期與時間，當然，這次湯師承會出席參與。她同時將預擬的和解契約先寄給張正煦，讓他有時間餘裕和郭詩羽討論。當中有些條款雖然令人不快，但數字絕對展現最大誠意。

張正煦如期赴約。他走進杜子甄事務所時，湯師承正坐在窗邊的太師椅上，偏頭望著門庭那片冬意蕭條的水池，靜靜地享用雪茄。他穿著黑色高領羊毛衫，搭配深棕色獵裝。閒定神情仍見俊美本質，在均勻柔和的冬季日光關照下，臉上的歲月痕跡幾乎難辨，乍看之間彷彿未曾衰退。

湯師承緩緩看向張正煦，露出微笑。

小張，整整二十年，又見面了。

張正煦下意識梳理所剩無幾的瀏海，挺起胸膛，穩穩踩住立場。他已非當年的青澀小伙子。

又見面了。

湯師承抽了一口雪茄，然後起身，從雲霧中走向張正煦，伸出手傳達善意。

「張律師，真的好久了。」

張正煦點點頭，沒有寒暄的意思。湯師承識趣地收回手，帶著禮貌微笑步入杜子甄辦公室。

張正煦此時才注意到一個人影，坐在窗光可及的邊緣。臉孔熟悉，與其說是老了，不如說本來就不豐盛的內在，持續緩慢而宿命般萎縮，終至頑固。是湯師承的司機。叫什麼名字不記得，但就是他。兩人對上眼，老班隨即別過頭去。

張正煦有恍如隔世的錯覺。懷疑自己才是世界規律運作的破壞者。這麼多年了，什麼也沒變。他省去心中的那聲嘆息，轉身走進杜子甄辦公室。

杜子甄將門關上，走向已對面坐定的湯師承與張正煦。

「張律師，詩羽還好嗎？」湯師承溫柔地問。

「杜律師，有話直說吧。」張正煦看著杜子甄，彷彿湯師承並不存在。

「今天麻煩張律師跑一趟，是希望能確認和解條件。」杜子甄態度誠懇地說：「兩百萬現金，一次支付。條件是和解內容必須保密，而且郭詩羽必須簽一份自白書，承認她與湯先生之間是自由戀愛的關係，然後向師母道歉。當然，她不能提出刑事告訴。」

強制性交或權勢性交罪均為「非告訴乃論」。只要檢察官發覺犯罪，便可發動刑事程序。即使當事人和解，或被害人不願提出告訴，刑事偵審仍不會受影響而繼續進行。然而，由於性侵案件大多沒有直接證據，若「被害人承認合意性交、不願繼續追究」，在罪疑唯輕的原則下，被告幾乎可以輕鬆獲得不起訴處分或無罪判決。這便是杜子甄要求簽署自白書的道理，不論行政調查或刑事程序都很好用，是性侵案件常見的處理方式。

張正煦顯然不為所動：「那我呢？我有什麼好處？」

杜子甄明白事理，繼續補充：「律師公會已經在對你進行調查，這個案子顯然有倫理問題，你夫人那邊也是……如果能夠和解，這些調查，我保證不會有任何問題。」

「還有呢？」

杜子甄深知這類談判戲碼。她心裡數字當然還有增加空間，但該有的姿態還是必須保持：「張律師，兩百萬不是小數目。就算湯先生被判刑，民事賠償都不可能拿這麼多，還得拖上好多年……這些你很清楚。況且刑事的部分，你一點勝算都沒有。」

張正煦微笑，搖搖頭表示不同意。

「你想利用童希真案做為佐證，已經違反律師倫理。你和前案的牽連，會汙染郭詩羽的證詞。你只會害了她。」

「不同的案件，相同的手法，橫跨數十年……難道沒有其他被害者嗎？不同的學校、不同的背景，彼此之間毫無關係，卻有相同的故事……想想看，這件案子曝光以後，還會有多少被害者站出來？你覺得到那個時候，法官會相信誰？」

湯師承輕輕挪動身體，顯然有些在意。

杜子甄決定提高數字，才要開口，就被張正煦打斷：「一千萬。我們要求一千萬的賠償。」

杜子甄理解一千萬的意義。兩百萬已經接近和解頂標，更不用提可以省去漫長訴訟的耗費與折磨。她甚至還預備了翻倍的空間。即使湯師承事前不情願，但已經承諾交由杜子甄決定，也擔心其他案件節外生枝，便不再堅持。

張正煦的喊價方式，明確傳達出一個訊息：他根本沒有打算和解。

「郭詩羽有授權你談這樣的金額嗎？」杜子甄語重心長地說：「張律師，進入訴訟以後，你很清楚我們會怎麼對付郭詩羽。」

這是杜子甄的好意提醒，也是最後通牒。只是她機關算盡，卻錯估人性。張正煦的邏輯，只有湯師承能懂。因此，她的箴言聽來軟弱無力：「沒有人能在長期訴訟中全身而退，包括你。」

「我知道，」張正煦拍拍公事包，從容起身：「我們法庭見。」

「張律師，你還沒忘記嚴新嗎？」湯師承吐出一口煙：「她的事，不是你的錯。」

張正煦停下動作，第一次轉向湯師承，將視線傾注，緊緊攫取湯師承的動靜。

「你沒有錯，只是對愛情的想像太貧乏了。所以你不懂她，也不懂我。我見識過最美的東西，可以在片刻觸及一切，卻只在兩人之間成立，是預知毀滅也要繼續搭建，開始與結束同樣瘋狂……是一旦有人理解，魔法就消失不見。」湯師承的雪茄冒出最後星火，靜靜在他手上熄滅：「我們所作所為……這樣的愛情，不過在一百年前，都合情合理。是什麼改變了？法律？還是政治？如果……你不能理解愛情的全部可能，那麼你要怎麼定義慾望的邊界？你要怎麼相信，我們真的愛過？」

張正煦沒有辦法維持笑容，手上公事包變得沉重無比。他試著挺起身體，不讓過分傾斜的目光壓垮自己。

「不過，就像我說的，這不是你的錯。如果你曾經那樣愛過，也被愛過，就會懂得，還怎麼能夠有第二種滿足生活的方式呢？」湯師承垂下眼簾，望著桌面，字句發出輕微碰撞，如同煙霧消散在空氣中：「這樣說來，我確實欠你一個道歉。請原諒我。」

張正煦驚駭地發現自己差點被說服。因為慾望必須被滿足，生活不全然出於自由選擇，此事無關法律，所以反駁極有可能被識破，看起來滑稽，聽起來可笑。所以他只能咬著牙說：「我不知道你在說什麼。你說話像個變態，實際上也是。所以我他媽的不可能放過你。我絕對要弄死你。」

杜子甄終於痛心地確認，在張正煦的賽局中，沒有均衡的組合。當初她的觀察無比精確，張正煦身上那種極其安全，又極端危險的特質，如今終於得以具體描述。張正煦擁有絕對的能力與他人的惡意搏鬥，卻缺少經驗在自己的惡行中倖存。也就是說，某部分的張正煦已經死了，現在的他，是從過去災難中甦醒的活屍。他不是戰鬥，也不是復仇。他只是當初湯師承惡意的副產品。

這件事注定不可能善了。

杜子甄知道，只剩一個方法。

* * *

張正煦走出杜子甄事務所時，必須加快腳步，才不致失去平衡。一直搖晃到街角，終於喘開大氣。

腦袋裡有一件事越來越清晰。

嚴新說，她未來會有一對子女。說得那麼真切，幾乎產生痛覺。

簡云說，擁有孩子最令人恐懼的是，我們創造了自己無法失去的東西。

張正煦痛苦地想起，上次女兒書包被翻的事。一個初經剛到的女孩，書包裡有什麼，是男孩們必須探索的東西？那不只是貶低，也是占有，還有宣示。他明明知道，這世界的惡意從來沒有改變過。

他自己也是其中一員。

張愷庭不願說，是她無從期待的對抗方式。

事情必須改變。

張正煦走到籃球場邊，張愷庭馬上就注意到他。

張正煦對女兒展開微笑，然後在場邊看臺坐下。他拉鬆領帶，解開襯衫扣子，將西裝外套放到公事包上，靜靜看著女兒傑出的球技。

場上遊戲告一段落，張愷庭抱著籃球走向張正煦。

「你怎麼來了？」

「我上次說，不管怎樣都不可以動手打人……記得嗎？」

張愷庭點點頭。

「我收回這句話。如果有誰欺負妳，妳就打回去。」張正煦認真看著女兒，確定她充分理解：「就算是老師也一樣。」

張愷庭俏皮皺眉，像看見一坨大便：「你神經病喔。」

張正煦望著球員三三兩兩地收拾東西離開，輕聲問：「上次是哪個同學翻妳的書包？」

張正煦在走廊轉角追上一名落單的男學生。他的模樣簡直是人形野豬。絕無錯認可能。張正煦一股怒火燒起，從後面將他推倒，然後踢飛他的書包。

男學生還在錯愕之中，張正煦踩過散落物品，蹲在他身邊。

「不要惹我的女兒。」

張正煦拍拍這頭怪物幼崽的臉頰，確保他聽見自己的耳光，理解這世界絕無可能由他恣意生長——即使正義有時會遲到。

「我不會放過你。」

小野豬驚恐地看向站在遠邊的張愷庭，懂得張正煦的意思。

張愷庭沒有預料自己指證的結果，竟如此銳利。下意識往後退了一步。她不能判斷對錯，但復仇對她而言，和父親有全然不同意義。

＊＊＊

老郭的鞋攤位於福德街底端，一棟老舊公寓的大樓梯間。低矮騎樓因為捷運工程圍籬的阻擋，更顯陰暗。在這個樓梯底部的三角空間裡，人無法站立，但不影響修鞋工作。老郭大部分的時間都坐在小凳子上，彎身處理各種飽經風塵的鞋子。

偶而一陣震動由地面傳來，他會停下手邊工作，等待工程機具運作結束再繼續。修鞋的人少了，生意在溫飽邊緣，所以他在攤子旁，兼賣起七彩的鞋帶與配件。他在這個角落已經待了十五年，對於興衰並非沒有預料。當捷運完工後，他可能再也付不起租金，得另覓別處營生。

這天他收了幾雙鞋，心裡重獲久違的欣喜。他熟練地插入鞋撐，仔細端詳鞋底破損，正要動手，又有生意上門。

「師傅，擦皮鞋怎麼算？」一位西裝革履的熟齡紳士親切地問。

「一雙兩百，很快喔。」老郭拉來高腳凳，連連欠身招呼：「老闆坐這裡，十分鐘就好。」

那是雙非常高級的皮鞋。雕花雅緻，有深有淺，楦頭造型穩重大方，皮革縫線細密扎實，並非大量生產的那種俗麗製品。老郭不禁認真起來，一邊稱讚，一邊從工具箱裡拿出新的馬毛刷，不敢怠慢。

紳士將腳抬上鞋靠，客氣地說：「麻煩了，謝謝。」

「沒事，沒事。」老郭半跪著回應，然後拿起軟布擦去灰塵，才下手就有點猶豫，這雙皮鞋其實很乾淨。太過乾淨。他抬頭望向紳士，對方淺淺一笑。他覺得失禮，趕緊低頭繼續工作。

然後他想起這個人是誰。

＊ ＊ ＊

張正煦帶著寫好的刑事告訴狀，與簡云再次造訪郭詩羽家。他準備向郭家人說明接下來的策略。若大家沒有問題，他預計這幾天送出書狀。刑事程序就會正式展開。

不過有些事情得先解決。

「上次那份律師公會的公文，你們不用擔心，」張正煦一坐下來，就主動澄清利益衝突的疑慮：「那是對方律師的伎倆，目的是打擊我們的信心而已。」

郭詩羽點點頭，表示理解。

張正煦見老郭沒有反應，試著把結論講得更清楚：「我對這個案子沒有任何利益衝突，絕對可以擔任詩羽的律——」

「湯老師有來找我。」老郭打斷張正煦的話，緩緩地掏出香菸，兀自點起：「他說你們有談過。」

張正煦一時失語。今天顯然有更大的矛盾必須面對。

簡云驚訝之餘，看向郭詩羽，細讀她的反應，明白她和自己一樣，對於和解一事完全不知情。

「郭先生，我們絕對不能和解。」張正煦壓抑心中不滿，嚴正地說：「湯文華最在乎的是他的補習班。他在害怕，擔心生意受到影響，才這麼積極想要和解。這其實對我們有利——」

「如果我們要和解的話，該怎麼做比較好？」

「郭先生，你的女兒受到傷害了，身為父親不應——」

「講起來我們也有錯。」老郭嘆出一大口煙，好像就連心中痛苦都一併吐出來：「是我不會教孩子。升高中以後就變了一個人，頭髮剪這麼短，我看去補習班也沒有好好讀書吧，不然怎麼會和老師……。」話未說完，老郭嘴唇顫抖，聲音漸歇，旋即慌忙地把香菸塞進嘴裡，深吸一口，將情緒連同未完的話又吞回去。

郭詩羽的頭更低了。簡云觀察著她，心中一陣絞痛。張正煦隱瞞和解，老郭痛苦難堪。沒有人是為了郭詩羽。

「我是覺得，湯老師看起來不像是會使用暴力的人……。」老郭有氣無力地說。

「脅迫不一定要使用暴力，他利用的是權勢——」

「那小羽以後要怎麼嫁人？」老郭看向張正煦。他既悲傷又憤怒，顧不了其他人。

郭詩羽默默站起來，微微點頭，表示歉意：「不好意思。我……我想上個廁所。」

簡云看著郭詩羽離去的背影，心裡有什麼傾斜了，散落一地。

張正煦壓抑內心不滿，繼續試著說服：「錢對湯文華來說根本不算什麼，只有刑事判決可以為詩羽伸張正義。」

「正義？有什麼用？」

「除了刑事，還有民事。我們可以請求賠償。」

「這樣跟和解的意思還不是一樣？」

「郭先生。」簡云抬高音量，確保無意義的對話不再繼續：「請你答應我一件事。」

老郭和張正煦同時望向簡云。

「和解的金額，不要告訴詩羽。」簡云不是請求，更像是命令。沒有人比她更明白殘酷現實中，無奈妥協的價值。多年的社工經驗，雖然沒有磨損她的稜角，卻教會她陪伴的意義。正義是美好風景，卻不是救命藥方。如果殘破已經注定，那麼拾起碎片的人應該溫柔。正義應該讓步。

「這是她的人生！」張正煦幾乎吼出來：「你們怎麼可以幫她決定？」

「那童希真的案子呢？」簡云轉向張正煦：「張律師，你之前不是幫湯文華辦過一樣的案子嗎？那件案子，你很清楚吧？如果不和解，對方會做出什麼事，你是不是應該向你的當事人充分說明？」

張正煦啞然無語。他不用猜測，就知道簡云怎麼發現童希真案的細節。他不可能責怪簡云。那就是她。她有權利知道。張正煦只是悲哀。他從一開始就知道，簡云不可能體諒隱瞞與謊言。只是那麼多的祕密，根本無從說明，他迴避是為了保護……。

那頭野獸，怎麼能不接受制裁？

老郭疑惑地看著眼前的對峙，手上的菸已經燒盡。

空氣凝結著，直到玄關傳來關門聲。

＊　＊　＊

郭詩羽失去蹤影。

當簡云奪門而出時，只瞥見她決絕的狂奔腳步。

沒有人知道她要去哪裡。

兩個小時過去，眾人的焦慮達到頂點。老郭試著聯繫了幾個郭詩羽的同學，都一無所獲。簡云腦袋裡盡是負面的可能，再也無法忍受郭家令人窒息的氣氛，決定離開。

張正煦拉起公事包，默默跟著簡云走上街頭，漫無目的四處逡巡。

兩人在人群中流轉，沉默在他們之間化為枷鎖，每一步都踏得艱辛。各種可能的場所、相似的面孔，一次又一次地令人失望。

時間晚了。簡云打電話安排友人暫時照顧張愷庭，也和女兒說上幾句話。她親密地道歉，不忘為張正煦說幾句好話。掛上電話後，她轉進一條小巷子，一直走到黑暗深處，才回頭面對張正煦。

「那張照片是誰？」

張正煦知道她在說哪張照片，但不知該如何解釋。

嚴新不是童希真，不是任何一個簡云能夠拼湊出線索的人物。在十三年的婚姻中，張正煦隻字未提。這是他打算帶進墳墓的祕密。過去是，現在也是。就連在心裡也不能好好描述，又怎麼期待說出口不被誤解。整個故事，不是任何關係能夠承受的疙瘩。

簡云被他的沉默傷透了心：「過去你沒有選擇，你是他的律師，我可以理解，那是你的工作。可是現在，你不是一個人，你要為我們負責。」

張正煦知道簡云的「我們」包含女兒張愷庭。不需要簡云提醒，張正煦也能預見這個案子對所有人的衝擊，但簡云的重點絕不在此。張正煦知道她的脾氣與為人，那正是他傾心的原因。簡云根本不在乎工作，不在乎世人輿論。她說的是價值，是為人的選擇，是面對惡害的態度，是那些不能被犧牲的原則，是她唯一能和張正煦繼續走下去的理由。

「過去發生過什麼，我不知道。可是你……不是我認識的那個人。你的不顧一切，不只傷害郭詩羽，也會傷害我們。」簡云很少流眼淚，所以她自己也嚇到了，趕緊抹去，卻止不住：「法律不可能解決所有問題，記得嗎？」

遙遠的記憶被剝開，就在張正煦與簡云初次相遇的那天，簡云說過一樣的話，但那重量來自於更早以前。那天晚上，他和嚴新並肩走著。無心諾言雖然不是玩笑，但背叛的傷害卻因為欺矇而加倍。一道陰影映入眼簾。嚴新從未離開過。今天是，與簡云相遇的那天也是。誰不是誰的贗品，鏡子反射的永遠只有自己。

恍惚之間，張正煦感覺到手機震動。

他的事務所來電。

＊＊＊

張正煦和簡云確實看見郭詩羽後，才終於鬆了一口氣。

據事務所祕書說，郭詩羽在下班前出現，什麼也沒說。喝了一口水後，才表示希望聯繫張正煦。

簡云走向郭詩羽，緊緊地抱住她。

郭詩羽沒有什麼情緒。她看著疲憊的張正煦，語氣帶有歉意：「張叔叔，對不起。」

張正煦走近，半跪在她身邊，搖搖頭表示不用在意。

「你還願意當我的律師嗎？」

張正煦點點頭。

「律師要按照客戶的要求去做，對嗎？」

「當然……。」

「我想要跟老師和解。」郭詩羽說得平靜，卻流下眼淚。

「妳確定嗎？和解真的是妳想要的嗎？」張正煦皺起眉頭，語帶焦慮。

「對不起，真的很抱歉……爸爸說的沒錯。老師沒有強迫我。每次和老師在一起的時候，我看他開心，我也很開心啊……。」

「如果和解，不再追究這件事，會有更多同學像妳一樣受到傷害。」

「可是我真的喜歡老師。我也不知道自己怎麼了，為什麼這麼難過……。」郭詩羽抹去眼淚，擠出一抹微笑：「失戀本來就很痛苦，不是嗎？」

「妳有沒有想過，其他被害人看見妳這麼勇敢，也會有勇氣跳出來控訴他……妳知道自己有多重要嗎？我們一定會贏！」

郭詩羽無動於衷，眼淚抹乾了。她不再困惑，也沒有情緒。心意已決。

看著郭詩羽的決絕，張正煦的心有一部分悄然關閉了。他的頓悟無比冷酷：「如果妳只是因為錢，我保證之後的民事訴——」

簡云一把將張正煦推開，對他大吼：「張正煦！你瘋了嗎？」

張正煦跌坐在地上，眼神渙散，茫然地望著簡云將郭詩羽帶走。

這是湯師承還有杜子甄的勝利。

他終於明白，真正的戰場從來不在自己身上。

＊＊＊

張正煦遵守與簡云的約定，和老郭敲定和解條件後，沒有把金額告訴郭詩羽。

實際上，郭詩羽完全沒有過問細節。她未滿十八歲，所有的法律手續由法定代理人——也就是她父親處理即可。她唯一做的，是按照和解書約定，親手寫了一份自白書，承認她和湯文華是自由戀愛關係，並向師母道歉。這些內容已由雙方事前講定，她只需要逐字照抄，最後在文末簽名即可。張正煦試著安慰她，自白書與事實無關，只是一個……張正煦突然詞窮。最後他使用「妥協」二字。

妥協不代表認錯。張正煦補充道。這些法律的形式要求，是為了讓事情結束。重點是我們達到目的。說到這，郭詩羽停下筆，像是想起原來還有一個目的存在。沒多久，她又開始動起筆。如同作文比賽般，掛念閱卷者的感受，一字一句，力求字體工整美觀。

張正煦沒再繼續解釋，因為往下說，就必須談到錢。

老郭除了和解金額外，別無其他意見。他在民事委任書上簽字後，便全權交由張正煦出面處理。經過張正煦和杜子甄幾次電話往返，最後的數字是三百萬元，簽約日期時間也一併敲定。接下來只剩雙方見面用印，一切就會結束。

杜子甄在電話中道謝，再次強調這是最好的結果，並祝他新年快樂。張正煦掛上電話後，才想起今天是新曆跨年。他掩上郭詩羽案的卷宗，將它與童希真的疊在一起。二十年就這麼不輕不重，走向新的句點。

他手按著桌面良久，又翻開童希真案卷，拿出那張照片。失焦的嚴新，無畏當風的自己。對了，還有二十年前未竟的跨年約定。

在當年那場悲劇性的交互詰問後，嚴新從此消聲匿跡。他向杜子甄辭職，渾渾噩噩地過了好幾天。

一場低溫接近十度的寒流來襲，他獨自窩在租屋處，心中剩下一份荒謬盼望。嚴新答應他要一起跨年。

一九九九年十二月三十一日傍晚，他穿上最帥的那件牛仔夾克，轉兩次公車抵達臺北市政府。人潮在七點開始聚集，歌手連番上陣炒熱氣氛。他推開人群，盲目地走，走到舞臺前方，回頭搜尋熟悉臉孔。到處都沒有。他被擠開，又回來，再擠開，再回來。霓虹光彩在肌膚上閃耀，音波震動著每吋毛髮。狂歡在他的背後，世紀末就在眼前。

倒數之中。

沒有人聽見他的怒吼。

二〇二〇年

跨年假期結束，張正煦上工第一件事就是打電話給杜子甄。他表示原訂和解當日，因為有其他行程趕場，為避免時間不夠，建議將地點改在他的事務所。杜子甄沒有懷疑。這件事已經接近圓滿結局，她不會為這種小事介意。

她不可能知道，張正煦這麼做與她有關。

跨年那晚，張正煦痛苦地撫著那張照片，罪惡回憶抽乾了周圍空氣。絕望之中，他翻開童希真案卷，像是乞求原諒似地讀取一切。他必須找到方法拯救自己。

「事實真相，公平正義無關，不帶慈悲，門一旦關上，女孩失去推定清白的權利。」張正煦在某頁的角落，看見二十年前的自己這麼片段記錄著。

字跡筆墨已經模糊，但杜子甄的教訓現在讀來格外清晰。

想像偏見、蕩婦抗辯還有妥協和解，都只源於一個原因：真相永遠不可能重現。

童希真試過，但失敗了。不，她從來就沒有打算成功。

因為不可能有真相。

真的嗎？

＊＊＊

和解當日，杜子甄與湯師承準時出現在事務所門口。

張正煦將他們引導至會議室，並吩咐祕書安排茶水後，從容在他們倆面前坐下，一改先前緊繃態度，輕鬆自若地開場：「事情總算、總算要圓滿落幕。」

湯師承露出禮貌微笑，卻不帶情緒。這對他而言，並非最快意的結局。

張正煦將郭詩羽的自白書遞給杜子甄。她簡單檢查後，再交給湯師承過目。確認沒問題。

杜子甄拿出印好的和解契約：「契約內容都按先前討論，你可以檢查一下。」

張正煦接過卻沒有讀，直接了當地說：「我想了一下，還是嫌少，所以我們現在要四百萬。」

湯師承笑容不再，鐵青著臉看向杜子甄。

「張律師，做事要有分寸。」杜子甄繃著臉說。

「一次付清，不簽就拉倒。」

「張律師可以分到多少？」湯師承好像懂了什麼，冷冷地問。

張正煦手比四。和解金額的四成。在這種案件中前所未聞。

「原來我們都錯怪張律師了哈哈哈哈。」湯師承突然開懷，真正地笑了起來。

「你可以保住生意，非常划算。」張正煦無所謂地說。

杜子甄隱忍住脾氣，向湯師承勉強地點點頭。

「好……好的。」湯師承的笑容愈發詭異。

「律師公會那邊，還有針對我太太的調查，也都不會有任何問題，對吧？」

「湯先生是生意人，我們說到做到。」杜子甄不客氣地說。

「謝謝你。這是門好生意。」張正煦拿出鋼筆和印章，開始簽名用印：「我本來還沒什麼把握。湯老師啊，這麼多錢……不像你的作風。大概就像他們說的，時代變，觀念也要跟著變。」

湯師承的笑容消失，表情變得勉強。

「我做夢也沒想到，童希真案都那麼久了，還能讓我撈一筆。」張正煦挖苦著：「湯老師啊，年紀越大，談戀愛的代價也越高……你也算是受到懲罰啦哈哈哈。」

湯師承繃著臉，緊抿嘴唇。他全想錯了。原來張正煦是為了錢。

張正煦知道策略已經奏效，但還不夠，必須繼續加強火力：「噢，對了！我得說現在的小女生也不簡單……前幾天詩羽和我說了一些你們的事，我們兩個都笑翻了……你？白馬王子？哈哈哈哈哈不會太老嗎？」

湯師承可以忍受指控，但決不能接受挫敗。沒有人可以這樣對他。整個和解過程已經非常不快，最後還被如此嘲弄。沒有人可以這樣做。他必須讓張正煦知道，自己絕對不會因此感到受傷。他比任何人都要強大。

「只要生意能繼續做，就不愁沒得玩。」湯師承似笑非笑。他拿出郭詩羽的自白書，用手指輕輕滑過，感受紙張上細細起伏的筆跡：「張律師，你有仔細看過小女孩的字嗎？」

張正煦靜了下來。他知道，這就是他等待的真相。

「不是一般女人喔……是在小小考卷上寄託美好未來的那些小女孩……當她們認真起來，希望被看見，希望被閱讀，希望被青睞……簡直就像在求饒。求饒啊。」湯師承像是想起什麼有趣的事情，開懷露出笑容：「我喜歡看她們寫我的名字，湯、師、承。一次、兩次、三次，像訂正考卷一樣……沒寫好，就不准穿上衣服。」

湯師承望著自白書，郭詩羽稚氣捐秀的筆跡，寫著他的名字：「這是我的禮物……張律師，你不可能懂的，因為沒有人會願意為你這麼做。」

對話之間，杜子甄將契約用印完成，交給湯師承過目。

湯師承露出微笑，事情結束了。

張正煦收起自己那份和解契約，保持對話的興味：「湯先生確實浪漫，但也挺專情的。這麼多年了，總是喜歡短頭髮的。」

「是我叫她剪的。」湯師承聳聳肩：「是我叫小羽剪的。」

張正煦搜尋起回憶片段。在郭詩羽家看到的每張照片，從小到大，每個開心快樂的場合，都留著長髮。

「為什麼？」張正煦問。

「你不覺得某種角度上她看起來很像小新嗎？所以我叫她剪了。」湯師承露出燦爛笑容，甚至開始期待張正煦能夠理解：「真的很像吧？雖然留了好久，很美的頭髮……但老師說的話，不能不聽。」

杜子甄覺得不對勁，決定中斷這場對話：「湯先生，該走了。」

湯師承起身，理理自己的服裝，收起方才的自得，彷彿重回老師身分，為學生做出課堂結論：「不過要讓我說啊，還是小新迷人。詩羽太聽話了，反而沒什麼樂趣。」

張正煦點點頭。夠了。雖然不多，但已經夠了。這就是權勢。這就是真相。但是，還有最後一題。其實不必問的，但是……。

「湯先生，有一件事我始終想不通。」張正煦是為他自己問的：「二十年前的那天……為什麼是我？」

「我看過你們所有的簡訊。你是真的很喜歡她。」湯師承雖然遲疑了一會，還是決定說出來，因為張正煦的表情，實在值回票價：「我知道她一定會來法庭。所以……很妙吧？她就是這種人，什麼事情非要搞得一清二楚不可。她當時提過你，老實說，我真的有點吃醋。」

「她說了什麼？」

「那時候她在哭，就在我玩完以後……她哭著說認識一位律師。」湯師承輕輕慢慢地嘛起嘴：「還說要告我……告死我。」

湯師承留下一抹微笑後離去。

張正煦顫抖著，必須抓住桌角，才不至墜落。他不需要細節，也能拼湊出完整事實。真相的破壞性超乎想像，不是因為他早就猜到答案，而是因為耗費了半輩子逃避問題。這是二十年罪咎的確認，也是壓倒駱駝的最後一根稻草。

一個禮拜以後，張正煦將和解過程的密錄影片公諸於世。

＊＊＊

老班每天結束工作的時間不一定，但他一個人住，不需要配合誰的生活。不論多晚，他都習慣坐在電視前，享用啤酒與宵夜。他沒有喝醉過，因為睡意總在恰當的時機到來。他不是會想事情的人，電視總看那幾臺，藥想起來再吞，食物吃得飽就好。除了抽菸，最大的樂趣是買彩券。威力彩、大樂透、三星、四星還有刮刮樂，什麼他都買。輸多贏少，但反正不缺幾個小錢。

跟著湯師承的歲月裡，唯一煩惱就是長期坐姿，導致腰骨的畸形惡化。痛起來幾乎無法站立。他不盼望康復，也沒有打算辭職。如果可以，他會待在湯師承身邊到死掉。因為這是他唯一能夠的生活。

如果可以。

今天傍晚，湯師承提早離開補習班，要求直接回家，並吩咐隔日行程全部取消。他從湯師承的神色察覺異狀，直到回家打開電視，才知道發生什麼事。

手邊的晚餐失去溫度。電視光線在老班身上投射出變幻的光影。他連菸都沒有點，靜靜地看著新聞發生。

「北市知名補教名師喆第今天遭到披露，在長達二十多年之中，性騷擾、性侵多名女學生，甚至傳出有多次被告上法院的紀錄。整起案件是由一名張正煦律師出面爆料而獲揭露。從他提出的密錄影片中可以看到，喆第老師親口承認玩弄女學生。張律師藉此呼籲，所有遭受不法侵害的被害人，勇於出面指證，將老師繩之於法……。」

新聞畫面不斷重播著密錄影片，湯師承的冷血告白，逐字逐句。

老班只是工作。那些沒有看到、聽到的，就不存在。那是他的生存法則，直到現在。湯師承在影片中說的不多，但足夠清楚。

那不是戀愛。記憶像陽光趕走黑夜，然後看見裂縫。只是裂縫過於醜陋，教人心痛。老班怎麼可能不懂湯師承的魔力。他擁有太多你需要的東西，你沒辦法說不，也不准喊痛。

老班一口灌完啤酒，撐起身體，走進房間。翻開角落的壓克力收納箱，從層層疊疊的舊衣物中，翻出嚴新的棕色皮製日記本。

老班唯一的缺點就是記憶力太好。他記得性格作祟的張正煦，記得笑聲無畏的童希真，也記得長髮如水的郭詩羽。他記得那些巷弄、行程、甚至是童話與情話，還有在那之中流轉的湯師承。

當然也記得破碎的嚴新。

日記本中掉出好幾張照片。老班跪下拾起，動作卻停滯在他最在意的那張照片上。拍攝者在後座，以方向盤與儀表板為前景，擋風玻璃外是稍微過曝的陽光燦爛。老班在那溫暖底下，背對鏡頭四十五度側角望向天空。照片裡沒有半瘸的腿腳，沒有佝僂的姿態，只有樹影斑斕的自由靈魂。

他記得這是在民生社區的街角。湯師承辦事暫離。車上是嚴新。

那是他的習慣，當湯師承不在車上，他也會離開駕駛座，讓乘客可以自在獨處。

老班後來在嚴新的日記本裡找到這張照片的描述。「善意的細節，細節的善意。」嚴新這麼寫道。她沒有親手交付照片，而是刻意遺忘在後座，或許也是善意與細節。

這照片是他曾經在世界上存在的唯一證明。好的那一種。

所以那天晚上，當嚴新走進黑色後門時，他搞不清楚自己的不安何來，但憑感覺驅使尾隨進入補習班。在黑暗之中，每一分每一秒都是機會，但他都放棄，直至痛苦失去時間刻度。他逃回車上。

湯師承一個人回來以後，命令他直駛返家。他猶豫著，卻從後視鏡感覺到湯師承的眼光，不敢抬頭，深怕情緒露餡。湯師承途中突然叫停，在光復南路與忠孝東路的交口下車，將某樣物品拋入公用垃圾桶。

四十五分鐘以後，老班在同樣的地點，把日記本從垃圾桶中撿回來。

他沒有這麼做的理由，本來就不大想事情。善意很重，過於沉重，卻是他唯一想冒險保留的東西。

這本日記裡面。有各種票根、照片，還有心情。不過老班的記憶比那更豐富。這麼多年來，他每一位都記得。

老班坐到深夜十二點。

湯師承打電話來。

他沒有接。

＊　＊　＊

雖然密錄影片中關於人名都被消音處理，但媒體及網路很快地肉搜出線索。新聞爆發的頭幾天，童希真、郭詩羽的姓名毫無遮掩地大量曝光，直到衛福部發布新聞稿，表示違反性侵害犯罪防治法之規定將予以開罰[1]，亂象才稍止。然而有人質疑，就連「加害者的名字」或「被誘姦」等用語都是「足資識別被害人身分的資訊」而不得使用，豈非在變相護航狼師？

市政府教育局此時更火上加油，主張全案已經進入司法程序，故不會動用行政資源，擴大清查潛在被害人。此舉等於逼使潛在被害人必須以司法程序提出控訴，面臨身分曝光、對簿公堂等壓力，將大幅降低他們出面發聲、尋求救濟的意願，而受到公眾強烈質疑。

也因此，湯師承政商關係良好等陰謀論甚囂塵上，過去參與的政府標案全都被拿出來放大檢視，曾經種種性霸凌劣跡也逐漸浮上檯面。輿論如同張正煦預料，以追殺的方式，要將一切起底。

湯師承隨即辭去負責人頭銜，並停止所有教職，完全與補習班切割。各地補習班分部紛紛改名獨立，他的補教帝國正式分崩離析。

地檢署主動偵查郭詩羽事件，不過三個月後，因為證據不足，予以不起訴處分。新聞稿特別說明權勢性交罪部分：「湯文華為補習班老師，對郭女在校成績乃至於其後參與大學學測，並無任何決定權柄，且郭女亦可自由決定前往上課與否，甚亦可不參加上課聽講而僅課後觀看上課錄影內容，尚難認湯文華有何利用權勢之可能，是彼此應無任何監督權勢、服從配合之關係，當可認定。」

張正煦對此公開撻伐。他主張湯師承利用自己所掌有的權勢、威望，以及被害人對之畏懼，甚至基於仰慕或無條件的服從等等優勢，掌控被害人的自我認知及情感，澈底架空及破壞被害人的性自主決定權，根本應該成立強制性交罪。他在公開受訪時，再度懇求其他被害者出面指證，更舉澳洲皇家調查委員會的兒童性侵報告為例[2]，呼籲國家層級單位介入，對全臺校園與補習班，展開系統性的調查[3]。他認為唯有不斷補足敘事，證明權勢性交是普遍性的悲劇，

---

1 《性侵害犯罪防治法》第十三條、第十三條之一規定，不得以媒體、網際網路等方式公開揭露被害人的姓名與其它足資辨識其身份的資訊，違反者最重可處十萬罰鍰。

2 澳洲政府於二〇一二年成立「皇家調查委員會」（The Royal Commission into Institutional Responses to Child Sexual Abuse），針對機構內兒童性侵事件進行調查。根據二〇一七年十二月發布的最終調查報告，從一九五〇年代至今，受性侵兒童人數超過一萬七千名，其中男性占六四．三%。平均受害期間持續二．二年。三六．六%的受害者曾被兩位以上加害者侵犯。而受害者平均經過二十四年才首次說出受害經歷。澳洲政府於二〇一八年十月廿二日就機構兒童性侵之問題，向受害者及相關家庭發表全國性道歉。

3 臺灣國家人權委員會於二〇二二年七月啟動「兒少安置機構及校園性侵」系統性訪查，全面公開徵募曾於兒童、青少年時期，在安置機構或校園遭受性侵害的民眾接受訪談。希望藉由聆聽了解受害者的遭遇，探究社會、文化、制度等結構性問題，並提出制度面的改進建議。

才能喚起大眾的關注，嚇阻狼師惡行。

杜子甄做為律師公會理事長，曾是張正煦的指導律師，又是案件參與者，卻完全拒絕受訪。她只簡單發表聲明，全案交由司法程序處理，不便表示意見，另考量自己在事件中的複雜身分，將立即辭去理事長職位，並且不再接受湯文華委任處理後續法律事宜。

北一女校方則因一則網路貼文而無端被捲入是非。該文由匿名校友發布，影射校園內師生戀早已不是新聞，所以郭詩羽事件並不讓人意外。校方旋即委請律師發表聲明，稱該文子虛烏有，強調學校是教育場所，平日宣導性別意識不遺餘力，嚴格要求師生謹守分際，禁止不當交往。加以學校未接獲任何通報，輔導室也查無訪談紀錄，顯見校園內絕對不存在師生戀關係。文末並對該文作者提出警告，認為此行為已經毀損學校聲譽，嚴重影響北一女學生形象，要求作者限期道歉，否則不排除採取法律行動。

未料此聲明一出，卻引發另一波訕笑。因為校方認為學生會主動通報師生戀情，實在是昧於現實。斬釘截鐵主張校園內絕無師生戀，反而會使潛在被害人不敢出面指證。最後，師生戀為何會影響學生形象？豈非又是貞潔幽魂作祟？凡此種種，盡顯教育單位在此議題上依舊力不從心。

老班辭去司機職務後，曾私下找過張正煦，探詢作證等細節，但對於嚴新的日記本隻字未提。張正煦興奮地認為他的證詞可以做為新證據，重啟郭詩羽案的刑事程序，甚至擴大調查範圍，但老班予以拒絕。除非被害者出面控訴，否則他不會透露任何一位女孩的姓名以及細節。

儘管有些人追捧張正煦的大義，但多數意見認為他不再適任律師。律師公會迅速將他移付懲戒。懲戒委員一致認為他的爆料行為，顯然違背雙方信賴，不顧當事人權益，已經嚴重斲傷律師倫理與形象，決定予以停權兩年處分。地檢署同時介入調查，認定他涉嫌違反《刑法》妨礙祕密、洩密、背信等罪。按其法定刑度，未來判刑極有可能導致律師執照終身吊銷。

張正煦的行為，掀起極大波瀾。網路上開始出現針對其他狼師的指控，時間最遠回溯二、三十年，層級遍布小學、高中、大學，當然也包含補習班。最後，範圍更擴散出去，不再侷限於校園，而包含政界、各類職場、演藝圈等不同領域，被害者受到鼓舞與支持，龐大匯聚成一波 #MeToo 運動。許多知名人士的不堪祕密都被揭露，促使臺灣社會正視性騷擾與性侵害的嚴重問題。有人將此歸功於張正煦，但他自始完全地被排除在後續對話以及行動之外。原因顯而易見——對任何人而言，他都不再值得信任。

關於湯師承的新聞討論在爆料一個禮拜後達到頂峰，隨後迅速遞減，因為一起駭人聽聞的滅門血案在基隆八尺門發生，轉移了社會關注焦點。半年後，幾則小篇幅新聞，報導湯師承遠赴中國任教。這是他最後一次出現在公眾目光之下。

簡云最終選擇離開。因為她無法眼見郭詩羽的狀態，還能與張正煦繼續共同生活。雙方經過理性溝通，決定先行分居。女兒交由簡云照顧。在張正煦的堅持下，婚姻關係暫且維持，待紛擾落幕後，再作討論。

郭詩羽在身分曝光後，出現嚴重精神狀況。多次因為急性症狀進出醫院，被迫暫時休學。老郭因為無法承受公眾關注與嘲諷，加以不起訴處分之打擊，自殺未遂。最後舉家遷移，無人再知下落。

終章　空白人生

嚴新踢了踢機車輪胎上的乾硬泥土，順道將雨鞋的雜草碎塊也磨去。她望向玉里車站的入口，暑假剛過，遊客比起前兩個禮拜少了一些。雖然改建完成已經很多年，她始終不習慣車站的新外觀。時間走得太快，不知道還有多少人記得，舊時站前廣場那塊蓊鬱的小公園。

陽光反射過於強烈，她將掛在額頭的墨鏡拉下，小心地把剛採買的日用雜貨放到踏墊上。突然感覺到臉頰有點癢，順手一摳，才發現臉上也有乾裂的泥土。她湊向照後鏡，確認清除乾淨，順便觀察被反覆晒傷脫皮的額頭與前胸。多年勞動的環境，皮膚早已適應，她也不甚在意。一陣涼爽的風從秀姑巒溪的方向吹來，她順著擺擺頭，將蓬鬆雜亂的長髮壓進安全帽裡。

騎在鄉間小路上，嚴新盤算著今日待辦事項。上午課程要帶孩子們到後山小坡，觀察昆蟲生態，並採集可裝飾季節桌的花草果物。在那之前，為期四週的語文主課即將結束，她得趕在午餐前，向孩子們聊聊收獲，並且介紹下一期的課程內容。下午的藝術課應該沒辦法參與全程，因為附近有間新的森林幼兒園正在籌辦，她得去幫忙培訓師資，還有一些必要庶務。如果順利，她想趕回來和留校的孩子們一起晚餐。

嚴新在校門口熄火，將機車牽進校園。教室裡幾名不專心的孩子瞧見她，調皮地做鬼臉。她在帆布車棚下停妥機車後，注意到幾位校工正在後方的樹下乘涼。她踏過泥濘的校舍邊緣，抄近路越過田埂，向校工們打招呼。

某位校工露出笑容說：「謝老師，又自己去買喔。我們可以幫忙啦，妳還有很多事要忙捏。」

嚴新微笑回應：「不好意思麻煩你們啦。東西很雜，我比較清楚，不會花太多時間。謝謝啦。」

摘下墨鏡，嚴新踏踏土地，將剛沾上的泥巴甩掉。伸手接過校工遞過來的飲料，打開便喝。大風拂過，帶著遠方稻浪來到腳邊。像是在應和地景脈動，教室裡傳出一陣學生歡鬧。眾人不再說話，享受樹蔭庇護，望著陽光從雲層篩落。光影似巨人足跡，橫越縱谷稜線而來。更遠的邊緣，黑色積雲正在醞釀。校工嚷著說，下午又要涼快了。

嚴新此時才聽見廣播的聲音。細細小小地，從校工腳邊的收音機傳出來。模糊人聲吵成一片，提到了湯師承，提到了張正煦，也提到了性侵法制的問題。「強制性交和權勢性交，追訴期竟然都是二十年[1]！重點是，根據澳洲政府的調查報告，受害者平均必須經過二十四年才有辦法首次說出受害經歷。二十四年喔！所以我說現行法根本就是在包庇犯罪！」廣播裡某人尖銳評論道。

1 《刑法》第八〇條第二款：「犯罪重本刑為三年以上，十年未滿有期徒刑之罪者，追訴期二十年。」

嚴新繼續喝著飲料，幾點光斑在臉上游移，劃過清麗臉龐，照亮她小巧的鼻尖，投射出沉靜眼神。她對校工們說，隔壁那個新的森林幼兒園，週末要辦餐會，大家一起來吧？有部落的肉粽喔。孩子們一定會很開心。

眾人說起新學校，好像就沒完沒了。嚴新喝完手上飲料以後，微笑告退。走回機車處，抱起全部雜貨向辦公室走去。還有好多事要做呀。她想下午的藝術課或許應該全程陪著孩子們。那是她好不容易收集到的各式天然染料。乾黑豆、洋蔥皮還有咖啡渣。都還帶著香味呢。

嚴新將雜貨分門別類，在儲物間內安置妥當。突然她停下手邊工作，沉思半晌後，快步跑出辦公室。回到樹蔭下，校工們已經離開。原本細碎的廣播，已被草叢裡的螽斯取代，像織布機那樣奮力往復。

嚴新想著，剛剛忘記買衛生紙了。本來要請校工代勞，但現在人都走了，也沒辦法。等等抽空再跑一趟吧。她聞到空氣中潮溼的青草味，感覺雷陣雨會比預期更快出現。那就明天吧。沒什麼好急的。她靠著樹坐下來，決定再享受一下這極其平凡的微風，還有日子。

她不知道的是，在兩百公里外，有一班普悠瑪列車正以每小時一百五十公里的速度，朝玉里車站直奔而來。

上面坐著張正煦。

＊＊＊

普悠瑪列車衝出隧道以後，龜山島赫然出現在窗外。

張正煦傻傻望著，直到回憶壓著他低下頭。

他忘了。

他忘了龜山島會在這個時候映入眼簾。

二十年了，它始終沒有變。

波光瀲灩。風采迷人。

就像當時的兩人一樣。

張正煦沒有勇氣再看一眼。

密錄影片曝光半年後，杜子甄主動與張正煦聯繫。

他們約在杜子甄事務所附近，一間巷弄內的小咖啡店。杜子甄沒有等咖啡上桌，就攤開一份資料，像朋友那樣對張正煦說明。

「我知道你試著找過她但沒有結果。這些是我蒐集的線索。那年事發後，她就轉學了，好像是因為父親工作關係，全家也搬離羅東。不確定最後是在哪裡完成高中學業，但她在兩年後，考進東華大學的諮商與輔導學系。大概可以猜得出來為什麼？

「不過，她最終沒有畢業。

「後來的資料很難找，我花了很多時間。原來是因為她改名了。現在姓謝，母親那邊的姓。叫謝欣。應該是在大二那年。她休學、改名也是那陣子的事。沒有紀錄顯示她為什麼這麼做，但我猜測，是發病了。」

杜子甄拿出一張照片。醫院病歷很難取得，這是最接近她當時狀態的證明。

那是嚴新沒錯。她留著三吋平頭，眼神渙散、兩頰凹陷。什麼都沒有了。隨風擺動的短髮、粉色清甜的雙頰，還有迷人致命的笑容，都沒有了。探索世界的眼光、不饒人的幽默，還有寬容事物的信心，也都沒有了，但那是嚴新沒錯。

「然後，她又消失了。整整十五年的空白。一直到二〇一八年八月的某篇網路報導中，謝欣這個名字才再度現身。雖然沒有照片，不能百分百肯定，但……這是那篇報導。」

杜子甄將一份影本推向張正煦。

報導的主軸是在分析臺灣的性犯罪數據。文章指出，花東地區是全臺性侵發生率最高的區域[2]，而且受害者年齡偏低，推測是因為偏鄉的青年大量外流、隔代教養、物資缺乏還有逃家輟學等等問題。那位名為謝欣的受訪者，是花蓮玉里某間華德福實驗學校的老師，在文章裡針對這些數據發表了一點個人看法。

「同名同姓、與東華大學有地緣關係，又關注兒少性侵事件……我想就是你要找的人。」

張正煦靠著椅背，默默聽完杜子甄的分析。他沒有回應。他不知道該說什麼、該想什麼，連表情都沒有。

杜子甄拿起變涼的拿鐵，望向窗外無人街道，像是在對自己說話。

「如果我有責任，那就是這些了。而你的責任，是讓一切結束。」

＊＊＊

列車還未抵達玉里車站，大雨就絕命似地下了起來。

張正煦沒有招呼計程車，兀自撐起傘，走入雲霧之中。他需要這段路。

2　依據警政署二〇一六年通報資料，臺東縣每十萬人口性侵發生率高達三五・一人，超過全國平均發生率（一四・二人）兩倍，高居二十二縣市之首。花蓮縣的性侵發生率則以二八・二人居次。

這最後一段路。

如果那個人就是嚴新，他還沒想到自己該說什麼。

他總是先從對錯開始思考，但往往被回憶淹沒。關於火車邂逅、夏夜球場、電影與海灘，還有隧道探險。關於那些青春絮語，也關於對理想的詠唱，和無數日夜的等待，以及無人知曉的想與念、怨與恨，夢境與幻想，復仇與勝利。這些過於引人入勝，可以笑，也值得哭。可是最終他會迷失在法律條文之中，覺得自己仍有立場。

在自己做了這麼多之後，嚴新還在意嗎？她能從那些被媒體扭曲的訊息中體會嗎？這是他所能給的全部了。

他不奢望獲得原諒。這段旅程的終點不應該如此廉價。

他在雨中停下腳步。感覺到——這是第一次——感覺到自己正在接近自由。

對了，自由。或許才是此行目的。

如果嚴新自由了。

我也可以自由了吧。

終於，他來到這裡。距離目的地僅僅一步之遙。

雨勢滂沱，卻是雷陣雨的極限。再過不了多久，雲霧會慢慢打開，烏雲緩緩退去。他會跨步向前。他會接受這個終點所帶來的一切。

突然——

他聽見暴雨中有嚴新的聲音。他看見一個模糊人影向他走來。那個人好像舉起手臂朝他揮舞。

他恐懼極了，毛髮直豎。

那不是嚴新。也不是童希真，或者郭詩羽。

那是湯師承。

是他自己。

他往後退了幾步，跌坐在泥水裡。

轉身爬著，他尖叫起來。祈求理解，祈求寬恕，祈求重來。

手在空中揮舞，哀求想像中的那個人退開。

罪與業在二十年前就該結束。他現在終於明白。

這片慈悲與正義缺席的荒原上，早已沒有其他人。

只剩自己，不斷複製著世界的惡意。

他往反方向狂奔。
奔入那片迷濛之中。

後記

我在二〇一七年夏天開始構思《童話世界》的故事。當時是在美國加州藝術學院（CalArts）電影導演研究所的最後一年。初次挑戰電影長片劇本，為的是在畢業時能有一部完整作品。即使無法預期能夠立刻投入製作，至少可以對業界介紹自己：這是我想講的故事，這是我的風格云云。

不諱言地說，故事的選題與精神受到該年四月臺灣發生的女作家自殺事件，以及年底美國爆發的 #MeToo 運動啟發。基於自己律師執業的見聞，有感於許多公眾討論未能釐清關於權勢性交，乃至於權勢性侵事件在司法程序中的侷限，故決定以律師角度出發，設計故事與人物。

電影劇本於二〇一八年底獲得拍臺北劇本銀獎後，竟順利獲得投資人青睞，由我出任導演親自操刀。拍攝歷時一個月左右，於二〇一九年底殺青，隨即全球 COVID-19 疫情爆發，等待足足三年才終於在院線上映。對於初執導筒的我，票房與獎項成績雖不理想，依舊是一段收穫豐富的旅程。

將電影改編為小說《童話世界》有很多原因。旁人看來應該有些愚笨。因為這個故事大概沒有影視化再利用的可能，版稅也不若撰寫新劇本來得有經濟效益。尤其小說又是一項耗費心力時間的苦差事……但是我自己明白，電影能承載的資訊太少，並非我心中故事全貌。

當然最重要的還是我無法放下這些人物。張正煦和嚴新，還有杜子甄與湯師承，他們日夜糾纏我，想要被訴說、被理解，還有被記憶。於是我在二〇二二年初翻出多年前的劇本筆記，著手構思小說大綱，決心給他們一個交代。

創作小說之初我曾反思，這麼多年過去了，故事是否還迫切？會有這樣的懷疑，多半來自於我在留學時所受的創作訓練。師長們總是不停地要求我們思考，為什麼講這個故事？為什麼是我講？為什麼是現在講？為什麼？

回顧二〇一七年至今，關於權勢性交的爭議，比較知名的有新莊五甘心物理治療所的廖泰翔案、臺南新市國小張博勝案、勝利國小尚志剛案以及臺中居仁國中黃紀生案。二〇二三年臺灣爆發的 #MeToo 運動，範圍除了校園機構外，更廣及政治、藝文與娛樂等等各界，也帶出另一件高雄數學補教名師性侵案，其過程與小說極其相似，受害者年紀竟更小。

為什麼？我自問。

因為還沒有結束。

這又讓我想起一件拍攝電影《童話．世界》時的小插曲。因為題材關係，電影製作過程中遇到很多阻礙，尤其很難借到補習班或學校場地。這件事不難理解，也無從苛責。唯一讓我耿耿於懷的，是某知名女子高中發函，禁止劇組設定女主角為該校學生、穿著該校制服，也不准我們在假日於學校周邊道路拍攝。對，就連圍牆都不能入鏡。絲毫不給對話餘地，甚至揚言不惜走上法律途徑。

而這間學校唯一這樣做的理由，是幾百字的電影簡介。

我猜測他們深信自己的學生絕對不談師生戀，沒有性侵問題（或許也不會去補習班），所以一部虛構的電影會輕易地抹殺校譽、學生形象，以及他們在教育上的努力。

問題出在哪裡？

回顧過去知名的影劇作品，該校學生可以換很多男朋友，也可以因課業壓力自殺。

但不能被性侵。

這就是我們的教育掌權者。

當時我讓步了。整部電影沒有任何一位學生穿著該校綠衣黑裙配色的制服。

因為電影必須繼續拍。

因為，創作者能做的只有為社會留下記憶。

《童話世界》的電影與小說能夠完成，得力於社工師周雅芬與李培瑜，以及新北地院法官張景翔。他們在公忙之餘，提供我豐富的實務經驗，補足我對性侵事件與法律程序不同面向的觀察。我也必須向我的妻子呂詩婷致上最深謝意，若沒有她的包容與犧牲，我不可能如此程度地瘋狂做自己。

電影上映宣傳時，我意外接觸到許多「倖存者」。他們看完電影後，分享了自己的經驗。我沉浸在許多悲傷故事之中，同時覺得自己沒能做得更多，心情鬱悶又激憤，似乎有了替代性創傷。加上居仁國中事件正好爆發。彼時湧入的許多資訊，還有各種感受與情緒，後來都成為小說的生命。我想或許是老天安排。早或晚一點寫這個小說，都不可能如此充分。

這段六年多的旅程，經歷創作劇本、執導拍攝、宣傳電影，然後完成小說，我唯一確認的事情是，我們對性侵被害者的了解還是太少。所以這個故事目的不在指責特定感情觀或性癖好，也不應該著重於正邪對抗。因為批判是一件太過容易的事情，致使我們停止思考本質。法律懲罰慾望的合理性在哪？得以介入保護的邊界為何？我們必須不斷探問，才能正確辨認權勢，並對偏見保持警覺。法律也才能擺脫個人好惡，真正從當事人的角度思考。

如果不能持續挑戰那最幽微的界線，我們總有一天會忘記自己在反抗什麼。

童話世界

作　　者：唐福睿
責任編輯：孫中文、林芳瑀
責任企劃：藍偉貞
整合行銷：何文君

副總編輯：陳信宏
執行總編輯：張惠菁
總　編　輯：董成瑜
發　行　人：裴偉

封面設計：兒日設計
內頁排版：宸遠彩藝工作室

出　　版：鏡文學股份有限公司
114066 台北市內湖區堤頂大道一段 365 號 7 樓
電　　話：02-6633-3500
傳　　真：02-6633-3544
讀者服務信箱：MF.Publication@mirrorfiction.com

總　經　銷：大和書報圖書股份有限公司
248020 新北市新莊區五工五路 2 號
電　　話：02-8990-2588
傳　　真：02-2299-7900

印　　刷：漾格科技股份有限公司
出版日期：2023 年 9 月 初版一刷
I S B N：978-626-7229-70-5
定　　價：380 元

國家圖書館出版品預行編目 (CIP) 資料

童話世界/唐福睿著. -- 初版. -- 臺北市：
鏡文學股份有限公司, 2023.09
面；14.8×21 公分. -- (鏡小說；71)
ISBN 978-626-7229-70-5(平裝)

863.57　　112015178